Nicht von dieser Welt

Vanessa Mansini

Nicht von dieser Welt

Verlag:
Michael Meisheit, Kreuzbergstraße 76, 10965 Berlin
michaelmeisheit.de

Herstellung: Amazon Distribution GmbH, Leipzig

Covergestaltung: Henk Wyniger, Düsseldorf

ISBN: 978-3-00-042589-9

Welt: Steht Kopf!

Veröffentlicht am Mittwoch, 27. Juli 2011 – 23:11

So. Ich muss das jetzt einfach loswerden. Meine Freundin Anja liegt mir schon seit Ewigkeiten in den Ohren:

„Wenn du so gefrustet bist, dann blogg doch mal!“

Ich war immer der Meinung: Wen interessiert der Frust einer schwangeren Dreißigjährigen, die sich nach Karriere, Ausgehen, Alkohol und schlanker Taille sehnt? Gerade als vor einigen Wochen Licht am Horizont erschien (Kitaplatz und neues Fitnessstudio direkt um die Ecke): Bang! Wieder schwanger! Dabei wollte ich schon das letzte Kind nicht wirklich. Versteht mich nicht falsch: Ben ist das Beste, was mir je passiert ist. Aber er war halt nicht geplant. Und jetzt: Ein romantisches Wochenende ohne Ben und schon wieder die alles verändernden zwei Striche. Schon wieder bin ich fix und fertig, wenn ich die drei Stockwerke zu unserer Wohnung hochgehen muss! (Da der verdammte Aufzug übrigens immer noch nicht funktioniert!)

Darum geht's aber jetzt nicht. Sondern um ihn Über ihn kann ich mit niemandem reden. Nicht mal mit Anja. Dafür ist die ganze Geschichte einfach zu beknackt. Dabei bloggt Anja Sachen … Mann, Mann. Ihre ganzen Psychoaffären. Und in einer Offenheit! Ich habe nicht mal eine Affäre. Psycho ja, Affäre nein. Ich rede hier von einem Typen, der Eier als Gastgeschenk mitbringt. Nicht das, was Ihr denkt. Richtige Eier. Von Hühnern. Drei!

Aber von vorne: Vor einer Woche ist er wieder aufgetaucht. Aus dem Nichts, in das er damals genauso plötzlich verschwunden war. Ich habe jetzt eine Woche gebraucht, um diese Blogseite an den Start zu bekommen – gar nicht so leicht, wenn man's heimlich macht. Und muss nun endlich mal den Quatsch loswerden, den dieser Typ mir erzählt hat.

Mist! War ja klar. Konstantin kommt jetzt schon nach Hause. Sonst wird's immer mindestens Mitternacht. Ich hoffe, ich habe morgen mehr Zeit. Bis dann! … Ach ja, mein Name ist Vanessa. Ich blogge jetzt öfter.

Eyes Wide Shut

Veröffentlicht am Donnerstag, 28. Juli 2011 – 12:19

Die Szene in „Eyes Wide Shut", in der Nicole Kidman erzählt, wie sie beinahe mal mit einem Seemann durchgebrannt wäre. Als ich den Film damals gesehen habe, fand ich das übertrieben. Wenn der Seemann sie gewollt hätte – sie hätte alles aufgegeben. Ja, klar! Du verlässt Tom Cruise für einen Seemann. Okay, hat sie später wirklich gemacht. Nicht für einen Seemann, aber das war auch wirklich kompliziert mit Scientology und Fehlgeburt und so. Auf jeden Fall: Genauso war es mit ihm. Also wie in „Eyes Wide Shut".

Es muss drei oder vier Jahre her sein. Da tauchte dieser Kerl bei Konstantin im Restaurant auf. Als Gast. Alleine. Ich war mit Anja da, ein paar anderen, keine Ahnung. Wir sind uns an der Garderobe begegnet. Ich sah ihm in die Augen. Kribbeln. Aber dann: Sein Geruch. Ich bin stehen geblieben und habe ihm hinterhergeschaut. Ich ihm! Den ganzen Abend. Ich habe nur ihn angestarrt. Bin sogar ein paar Mal sinnlos an ihm vorbeigegangen. Wie so ein dämlicher Groupie. Er sieht verdammt gut aus. Er hat wunderschöne Hände. Wirkt wahnsinnig arrogant. Das Blöde ist: Zu Recht. Völlig zu Recht. Und daran hat sich bis heute nichts geändert. Als ich ihn letzte Woche wiedergesehen habe … Wie er da stand …

Sorry, ich muss jetzt raus. Ben hat's endlich geschafft. Ich habe Konstantin tausend Mal gesagt, er soll den Schlüssel nicht auf dem beknackten Weinschrank stecken lassen. Aber er:

„Nee, dann verlier ich ihn. Gibt nur den einen."

Blabla. Jetzt hat Ben das Ding aufbekommen und direkt die erste Flasche Chateau-was-weiß-ich-was auf den Küchenboden geschmissen. Ich hoffe, es war eine richtig wichtige Flasche! Idiot!

Rote Beete

Veröffentlicht am Donnerstag, 28. Juli 2011 – 21:12

Geht das eigentlich nur mir so? Oder würde es nicht super passen, beim Bloggen gemütlich ein Glas Weißwein zu trinken? Ich könnte mich auf unseren Balkon setzen (wenn er fertig wäre), mir die untergehende Sonne ins Gesicht scheinen lassen (wenn sie in diesem Sommer überhaupt mal zu sehen wäre), dort mit dem Laptop im Internet surfen (wenn unser WLAN endlich funktionieren würde) und den Wein genießen (wenn ich nicht verdammt nochmal schon wieder schwanger wäre!). Aber, hey, Kümmeltee ist auch schön. Und hier in meinem (zunehmend falsch benannten) „Arbeitszimmer“, auf das ich ja damals so sehr bestanden habe, kann ich wunderbar vor mich hin pupsen, ohne jemanden zu stören.

Stefan Müller. So heißt der vermeintliche Traummann. Auf den Namen kommen wir später nochmal zurück. Bei der ersten Begegnung in Konstantins Restaurant habe ich ihn nicht kennengelernt. Er hat mich gar nicht wahrgenommen. Dachte ich. Aber ein paar Tage später hat er mittags im selben Gorilla wie ich gegessen. Da war ich gerade bei Sat.1. Gab's da beides noch. Gorilla und Sat.1 in Berlin. Gorilla war ein richtig gute Bio-Fast-Food-Kette und ich war eine richtig gute Drehredakteurin für Lifestyle-Reportagen. Damals.

Als ich ihn im Gorilla sah, dachte ich: ‚Oh … mein … Gott. Was macht der denn hier?‘

Ab da war er jeden Mittag im Gorilla. Und ich sowieso.

Nach drei Tagen kamen wir so ins Gespräch über den Rote-Beete-Wrap. Ich habe nur Unsinn vor mich hin gestammelt. Über meine großartigen Eisenwerte und … ja … ich habe ihn sogar gewarnt, dass sein Stuhlgang sich verfärben könnte. Beziehungsweise ich war kurz davor. Aber wie kommt man da raus, wenn man einen Satz anfängt mit „Nicht erschrecken, wenn Sie nachher ’ne rote Färbung in Ihrem …“?

Ich glaube, ich habe dann „Hemd haben“ gesagt, aber er hat ein T-Shirt getragen. Oder so. Es war auf jeden Fall extrem peinlich. Er hat sich das alles mit so einem unglaublich souveränen Lächeln angehört. Überhaupt wirkte er so überlegen. So … vertrauenswürdig. Anders kann ich das nicht erklären. Ich hätte ihm auf der Stelle all meine Pin-Codes und Passwörter verraten, wenn er mich danach gefragt hätte. Hat er aber nicht. Und nach meiner Telefonnummer auch nicht. Auch nicht am nächsten Tag. Und auch nicht an den anderen. Später mehr.

Suppe sein

Veröffentlicht am Freitag, 29. Juli 2011 – 13:41

Gestern musste ich so abrupt aufhören, weil mich wieder einer dieser Müdigkeitsanfälle überkommen hat. Wie am Anfang der ersten Schwangerschaft: Manchmal werde ich bereits um neun schlagartig hundemüde, als ob kleine Menschen sich an meine Augenlider hängen. Mh, ja. Streng genommen ist es ein kleiner Mensch. Ein sehr kleiner Mensch. 4,5 Zentimeter zur Zeit. Ich war eben beim Frauenarzt …

Zurück zum vermeintlichen Traummann, der gerade meine Welt auf den Kopf stellt. Passende Formulierung, aber dazu später. Im Wartezimmer beim Frauenarzt hatte ich genug Zeit, um nochmal über unsere Begegnungen im Gorilla nachzudenken. Ich bin jetzt sicher: 2008 war das. Es müssen insgesamt sieben Mittagessen gewesen sein. Zwei stumme, dann das mit der Rote-Beete-Stuhlgang-Unterhaltung. Und dann noch vier mehr oder weniger zivile Gespräche beim Essen.

Oh, nein! Das Babyfon! Bitte nicht, bitte nicht. Noch nicht! (Ben macht Mittagsschlaf, soll Mittagsschlag machen!) Puh, er schläft weiter.

Auf jeden Fall kam Stefan Müller (der Name, ich weiß …) am Tag vier im Gorilla von ganz alleine auf mich zu und knüpfte bei den Eisenwerten an. Ja! Er wollte wissen, wie ich das mit den guten Eisenwerten mache, von denen ich erzählt hatte. Damit war das Eis gebrochen. Jeden Mittag haben wir nett geplaudert. Glaube ich zumindest. Denn ich habe keinen Schimmer, was ich gesagt habe. Ich war nur auf ihn fixiert. Ich habe seinen Geruch in mich aufgenommen, der sogar stärker (und schöner!) war als der der leckeren Kürbissuppe. Ich habe geschaut, wie langsam und genießend, aber auch unaufgeregt er die Suppe mit seinen wunderschönen Händen gelöffelt hat. Er liebte diese Suppe. Und ich wünschte mir nichts mehr, als diese Suppe zu sein. (Nie zuvor und auch nie wieder danach habe ich mir übrigens gewünscht, eine Suppe zu sein.) Dazu muss man wissen: Konstantin und ich hatten drei Monate vorher geheiratet. Wir waren glücklich, die Zukunft gehörte uns! Ich hatte überhaupt keinen Grund, mich für andere Männer zu interessieren. Trotzdem: Stefan Müller im Gorilla. Ben würde sagen: „Haben!“

Doch dann war der Traummann plötzlich weg. Dienstag war er noch da. Mittwoch nicht mehr. Wochenlang, vielleicht sogar Monate, eigentlich bis zum Umzug von Sat.1 habe ich da gesessen und darauf gewartet, dass er wieder auftaucht. Sogar an Tagen, an denen ich frei hatte. Und wehe, die anderen wollten woanders hin. Ein Kollege hat mich irgendwann „Gorilla-Nazi“ getauft. (Weil ich vehement ökologische Gründe für die Lokalwahl vorgeschoben habe.) Zur Not bin ich auch alleine hin. Ich war wie ein Hund, den seine Familie auf der Autobahnraststätte ausgesetzt hat. Und wusste nichts über ihn. Außer: Stefan Müller. Den Namen könnt Ihr ja mal googeln. Und glaubt es oder auch nicht:

Dass der Name nicht echt war, darauf bin ich bei all meinen verzweifelten Internetaufrufen/Sucheskapaden nie gekommen. Nie. Ich habe ihm geglaubt. Sogar noch, als er vor genau zehn Tagen plötzlich bei Alnatura an der Kasse hinter mir stand …

So. Jetzt eiere ich herum. Ich weiß, dass einige schon ungeduldig werden und sich fragen: Was will uns die Uschi erzählen? Was ist denn nun mit dem Typen? Aber das … Ich muss mich nochmal sammeln. Ich muss nochmal drüber nachdenken, ob ich das wirklich ins Internet setzen will. Ob ich … Ich guck' mal nach Ben. Vielleicht ist er ja wach.

Die sogenannte Wahrheit

Veröffentlicht am Freitag, 29. Juli 2011 – 21:39

Er kommt von einem anderen Planeten. So. Jetzt ist es raus. Puh. Kein Witz. Also es ist kein Witz, dass er das behauptet hat. Mit vollem Ernst. Auch als ich sauer wurde, hat er das nicht mal relativiert. Von wegen: Ein anderer Planet heißt … Brandenburg. Oder so. Nein, er will mir wirklich weismachen, er wäre E.T.!

Aber von vorne: Ich steh bei Alnatura an der Kasse. Plaudere mit der Mama vor mir darüber, dass der Laden besser ist als die Biocompany zweihundert Meter weiter. Allein schon wegen des Platzes in den Gängen (Kinderwagen!). Ich bin mitten im Satz.

„… und sie haben drüben Stufen! Jedes Mal muss man klingeln und dann am Behinderteneingang …"

Da sehe ich ihn. Er steht hinter mir. Mit einem kleinen Einkaufskorb. Der Mann, der vor drei Jahren zusammen mit Sat.1 und Gorilla verschwunden ist. Ich sehe ihn. Ich sehe die Rote Beete in seinem Korb. Ich denke, ich spinne. Ich bin mindestens für eine Minute sprachlos. Er lächelt freundlich und sagt: „Hallo Vanessa!“

Die andere Mama muss Gott sei Dank bezahlen. Ich: Immer noch sprachlos. Irgendwann bekomme ich ein debiles Lächeln auf die Reihe und stoße ein „So ein Zufall“ heraus. Er, sowieso die ganze Zeit wieder so verdammt souverän und immer diesen Tick arrogant, schaut mich ernst an und sagt: „Nein, kein Zufall.“

Gänsehaut. Bekomm ich jetzt noch, wenn ich daran denke.

Irgendwie schaffe ich das mit dem Bezahlen. Und irgendwie bekomme ich auch Ben in seinen Buggy, obwohl er sich vehement wehrt. (Erst zu Hause habe ich gemerkt, dass der arme Kleine die ganze Zeit auf den Aprikosen sitzen musste. Urgh.) Dann sind wir endlich draußen. Stefan Müller und ich. Und er sagt, dass er mich gerne besuchen würde. Einfach so. Als ob’s ganz normal wäre. Gut, man sieht noch nicht, dass ich schwanger bin, aber allein die Anwesenheit von Ben könnte ja darauf hinweisen, dass ich vielleicht in einer Beziehung lebe. Doch das juckt ihn gar nicht. Und wisst Ihr was? Mich auch nicht.

Ich, leicht drüber: „Klar, besuch mich! Besuchen ist super. Wir haben viel zu wenig Besuch!“

Er: „Aber dein Mann darf nichts davon wissen!“

Da war ich das zweite Mal sprachlos. Und er immer noch absolut cool.

„Niemand sollte von unseren Treffen wissen.“

Plötzlich sind es schon „Treffen“. Plural. Mir ist sofort klar: Er ist auch verheiratet. Egal. Im meinem Kopf dreht sich bereits alles darum, was ich anziehe, ob ich es wirklich bringen kann, mit ihm im Schlafzimmer … na ja … Also, ich gehe ganz klar davon aus: Das wird jetzt eine Affäre. Für keine Sekunde habe ich Bedenken. Nicht mal einen Ansatz. Für mich scheint das … logisch. Unausweichlich. Richtig. Ich meine, guckt Euch den Typ an. Riecht mal an ihm. Ich habe mich gefreut! Natürlich! Aber dann sagt er:

„Vor allem darf die Regierung nichts davon erfahren!“

Die Regierung? Die Regierung???

Ab da bin ich mir nicht mehr ganz so sicher, wie die Unterhaltung genau gelaufen ist. Denn dann kam das mit dem anderen Planeten. Und plötzlich ging es überhaupt nicht mehr um hemmungslosen, erfüllenden Sex, sondern um eine wissenschaftliche Untersuchung von Marsmenschen, die – und darüber sollte ich mich offensichtlich freuen – mich ausgewählt hatten unter all diesen Milliarden Menschen, um als Erste zu erfahren, dass es sie nicht nur gibt, sondern dass sie auch schon seit Jahren unter uns weilen und uns erforschen. Aber na ja, sie verstehen halt nicht alles, was wir Menschen so treiben. Und wollten jetzt mal mit einem reden. Mit mir. Super! Oder? Der tollste Mann, der rumläuft, ist der größte Psycho, den es gibt. Ist doch irgendwie immer so, oder?

Es kommt noch mehr. Aber nicht mehr heute Abend. Ich bin todmüde. Gute Nacht!

Papua-Neuguinea

Veröffentlicht am Samstag, 30. Juli 2011 – 22:25

Heute kommen wir nochmal auf die Eier zurück. Aus meinem ersten Blogeintrag. Das Gastgeschenk. Von ihm. Aber Vorsicht: Ich bin schlecht gelaunt! Ich habe schon drei Kilo zugenommen. Und bin gerade mal in der elften Woche! Zwei Kilo habe ich wahrscheinlich allein dadurch zugenommen, dass dieser Mann mit den Eiern (Gastgeschenk!) in mein Leben getreten ist. Frustessen. Jetzt liegt hier schon wieder ein Stapel Nippons neben mir. Wieso haben wir die überhaupt im Schrank? Ich habe Konstantin tausend Mal gesagt, dass er die nicht kaufen soll! Ich bin schwach. Wah!

Also: Als Stefan Müller mir vor dem Alnatura ernsthaft erklären wollte, er sei ein Alien, habe ich nur die Hälfte mitgeschnitten. Mein Gehirn hing immer noch bei der Vorstellung einer Affäre mit dem bestriechenden Mann der Welt (unserer Welt!). Und versuchte krampfhaft eine Theorie zu entwickeln, wie die Behauptung, er sei von einem anderen Planeten, mit Lust und Leidenschaft zusammenpassen könnte. Ich habe dann auch einfach mal gar nichts gesagt, sondern nickend zugestimmt, dass er mich am nächsten Nachmittag besuchen kann.

Ab da ging das vierundzwanzig Stunden so mit den Theorien: Ist das ein besonders skurriler Humor? Versteckte Kamera? Ist er psychisch krank und hält sich wirklich für E.T. (will aber trotzdem eine Affäre)? Oder habe ich ihn einfach nur falsch verstanden? Letztere Hoffnung zerschlug sich schnell, als er am nächsten Tag bei mir vor der Tür stand. Mit drei Hühnereiern in der Hand. Als – wie gesagt – Gastgeschenk. Ich hatte mir natürlich trotz Psychoverdacht stundenlang den Kopf zerbrochen. Nach dem perfekten Outfit gesucht. Schick, aber irgendwie auch locker musste es sein. Sexy, aber irgendwie auch unaufdringlich. Dann die Haare, das Make-up. Nebenher Ben genau richtig getimet zum Mittagsschlaf bewegen. Ich war also bereits fix und fertig, als es klingelte. Und dann stand er da. Nicht mit Blumen oder Sekt oder wenigstens gar nichts. Sondern mit drei Eiern. Warum? Weil das eins der wertvollsten Gastgeschenke ist, „da, wo er herkommt". Okay, er hat einen Akzent. Ich dachte immer, es wäre etwas Osteuropäisches (was mir durchaus gefällt). Aber selbst in Ost-Kasachstan gibt es keine Tradition, Eier mitzubringen. Da bin ich mir sicher. Er meinte natürlich Pluto, oder wie auch immer sein beknackter Planet heißt.

Toll, jetzt hat Konstantin gerade aus dem Restaurant angerufen. Ich soll mal schnell „gucken", gegen wen Deutschland in der WM spielen wird. Häh? Schon wieder WM? Bitte nicht! Wenn man das googelt, steht überall was von Schweden, Irland, Österreich, den Färöern und Kasachstan. Hah! Kasachstan!

Na ja, auf jeden Fall ist schon nach wenigen Minuten Treffen mit Stefan Müller alles klar gewesen: Der rückt keinen Zentimeter von seinem Alien-Quatsch ab. Und hat er wenigstens irgendeinen Beweis? Beamt er uns mal kurz auf sein Raumschiff oder so? Nein! Wenig überraschend „darf" er über seinen Planeten und alles drum herum kein Wort sagen. Da sind die richtig streng, die Aliens. Nur so viel: Er ist so etwas wie ein Ethnologe. Und ich bin sein Papua-Neuguinea. Das hat er wirklich als Beispiel gebracht! Ernsthaft. Buschmänner (und -frauen), die Knochen in ihren Haaren haben und nicht wissen, was ein Spiegel ist. Zu denen zähle ich für ihn. Überrascht es irgendjemanden, dass ich ihn rausgeschmissen habe? Diesen Spinner! Die Nippons sind alle. Mist. Ich schreibe morgen weiter.

Malo

Veröffentlicht am Sonntag, 31. Juli 2011 – 16:43

Nur kurz. Konstantin sitzt mit Ben im Wohnzimmer und guckt Fußball. Hertha spielt. Gegen irgendeine Witzmannschaft, sagt er. Trotzdem lenkt ihn das hoffentlich genug ab. Dafür rennt der Kleine dann wieder den ganzen Tag rum und ruft „Fuball, Fuball".

Auf jeden Fall wollte ich noch das mit dem Namen nachliefern. Als Stefan Müller hier war, hat er „zugegeben", dass er gar nicht Stefan Müller heißt. Den Namen hat er nur gewählt, um nicht aufzufallen. Stefan ist wohl in dem Jahr, in dem er geboren wurde, der häufigste Name gewesen. Ach so: Erdenjahr natürlich! Er ist ja nicht von hier. Blabla. In „Wirklichkeit" heißt er Malo. Oder so ähnlich. Er betont das komisch. Soll wohl die Sprache sein, die er mit seinen Alien-Kumpels spricht. Man muss ihm lassen: Er hat sich einiges ausgedacht. Scheint ja auch den ganzen Tag nichts anderes zu machen.

Denn – jetzt kommt's – seit ich ihn rausgeworfen habe, stalkt er mich. Also jetzt nicht so mit Hase im Kochtopf wie in „Eine verhängnisvolle Affäre". Aber er taucht ständig auf. Wenn ich alleine mit Ben bin. Im Alnatura, auf der Straße, auf dem Spielplatz, letztens sogar im Zoo. Das ist verdammt gruselig. Auf der einen Seite. Auf der anderen Seite: Er ist die ganze Zeit wirklich nett. Lächelt dieses unverschämte Lächeln, ist immer aufmerksam zu Ben, entschuldigt sich jedes Mal, dass er mich so verwirrt hat. Aber kein einziges Mal: „Okay, Baby, vergiss den Quatsch mit vom anderen Stern. War 'n schlechter Witz."

Da ist grad ein Tor gefallen. Glaube ich. Hoffentlich gewinnt Hertha. Sonst hat Konstantin wieder den ganzen Abend schlechte Laune. Und wenn er schon mal abends hier ist …

Na ja. Was soll ich machen? Ich habe echt keinen Bock, so einen Psycho in mein Leben oder auch nur in meine Wohnung zu lassen. Und selbst wenn er ein Außerirdischer ist: Ich will nicht sein Papua-Neuguinea sein. Aber er ist ein verdammt cooler Typ. Und … Hach. Malo. Ich weiß nicht. Ich weiß einfach nicht, wie das weitergehen soll.

Martas Mutter

Veröffentlicht am Montag, 1. August 2011 – 18:06

Es ist wirklich wahr. Manchmal herrscht auf Spielplätzen Krieg. Nicht zwischen den Kindern. Zwischen den Müttern. Immer an der Front mit dabei ist bei uns im Kiez Martas Mutter. Marta ist vier oder fünf und ein kleiner blonder Engel, der so etwas von fies zu den kleineren Kindern ist – wenn keiner guckt. Was dazu führt, dass man sehr oft ein weinendes Kind mit dem Gesicht im Sand sieht, daneben eine unschuldig schauende Marta. Und keiner weiß, was passiert ist. Kritisiert man dann Martas Mutter … Oh, mein Gott! Ich habe ohne Witz schon gesehen, wie sie einer anderen Mutter an den Haaren gezogen hat, Sand hat sie auch mal geschmissen und ich durfte mich „frustrierte Alte“ nennen lassen. (Wobei mich dabei vor allem das „Alte“ aufgeregt hat!)

Heute Morgen ist mein Freund, der Außerirdische, zwischen die Fronten geraten. Das kam so:

Überall in Deutschland scheint ja mittlerweile bestes Wetter zu sein. Hier noch nicht. Deswegen bin ich heute Morgen mit Ben zum Indoor-Spielplatz gegangen. Eine heruntergekommene Halle mit zahllosen Spielgeräten, einem enormen Lärmpegel und schlechtem Fast Food, für die man auch noch Eintritt zahlen muss. Ben liebt es, also sind wir im Winter ab und zu hingegangen. Im Winter. Nach den letzten Regenwochen hatte Ben so starke Spielplatzentzugserscheinungen, dass ich die Halle heute erstmalig auch im Sommer angepeilt habe. Und wer tauchte nach kurzer Zeit auf? Mein ganz persönlicher Stalker Malo. (Ich werde ihn ab jetzt Malo nennen, weil Stefan Müller einfach zu blöd ist!) Klar steh ich nach wie vor auf ihn, aber diese Ich-will-euren-Planeten-erforschen-Nummer ist mir einfach zu viel. Deswegen gehe ich ihm aus dem Weg, wenn er auftaucht. Was nicht leicht ist. Besonders weil Ben sich mittlerweile freut, wenn er Malo sieht. Ich wollte dem Kerl die kalte Schulter zeigen, da hat er schon aus einer Serviette eine kleine Puppe gebastelt und spielt Ben kasperletheatermäßig was vor – wie soll man da böse und abweisend wirken? Ich habe ihn dann einfach ignoriert, wie er da so mit einem Kaffee an einem der Esstische saß, und Ben hat gespielt.

Auftritt Marta plus Mutter. Ich habe Ben schön von der kleinen Natter ferngehalten. Als Martas Mutter mal kurz aufs Klo gegangen ist, legt sich Marta gekonnt auf die Fresse. Ich denke noch: Schadet ihr nichts. Aber

Malo steht auf und tröstet die Kleine. Nett. Sie ist kaum zu beruhigen, weil ihr beknacktes Rüschenkleid einen Riss hat. Malo gibt ihr deswegen das Stück Schokolade (oh-oh!), das er zu seinem Kaffee bekommen hat, und spielt ihr dann auch noch mit besagter Serviettenpuppe Kasperletheater hinter seinem Jackett vor (er ist immer unfassbar gut gekleidet!). Sie beruhigt sich, ich werde unruhig. Denn das Bild erinnert fatal an den Lieblingsfilm meiner Mutter: „Es geschah am helllichten Tag." Der dicke Perverse, der Kindern etwas mit dem Kasper vorspielt, um sie dann umzubringen.

Genau dieses Bild bietet sich Martas Mutter, als sie zurückkommt. Sie flippt sofort aus. Malo hat offensichtlich keine Ahnung, was ihr Problem ist. Zum ersten Mal denke ich: Vielleicht ist er wirklich von einem anderen Planeten. Denn hier kann man als fremder Mann nicht so unbedarft kleinen Mädchen Schokolade geben und mit einer Puppe was vorspielen.

Da schreit Martas Mutter auch schon los: „Was willst du überhaupt ohne Kind hier drinnen? Du lungerst doch auch immer auf dem Spielplatz rum! Was hast du mit unseren Kindern vor?"

Die ganze Halle ist mittlerweile aufmerksam, kritische Blicke zu Malo: Ja, genau, was macht der hier? So ein Zwei-Meter-Typ vom Personal nähert sich. Malos ruhige Erklärung, dass das Kind geweint habe, hat keine Chance. Martas Mutter ist mittlerweile bei:

„Kerlen wie dir muss man den Schwanz abschneiden!"

Er wirkt irritiert:

„Welchen Schwanz?"

Das fragt er fast freundlich. Der Zwei-Meter-Typ baut sich vor ihm auf und fragt ziemlich unfreundlich:

„Was soll das? Was machst du hier?"

Malo schaut den Kerl unbeeindruckt und wieder so leicht arrogant an und sagt lächelnd:

„Ich trinke Kaffee."

Der Zwei-Meter-Typ: „Willst du mich verarschen?"

Malo: „Nein".

Das sagt er nach wie vor freundlich. Ernst gemeint. Jetzt bin ich mir sicher: Malo weiß weder, wovon die anderen reden, noch, was er falsch gemacht hat. Er hat wirklich keine Ahnung.

„Er gehört zu uns!"

Das war meine Stimme. Ich wundere mich nach wie vor selbst darüber. Aber ... Leute, auf seinem Planeten gibt's offensichtlich keinen Kindesmissbrauch oder zumindest spielen dabei Schokolade und Fingerpuppen keine Rolle. Lasst ihn doch einfach in Ruhe!

Nein, ich glaube nach wie vor nicht, dass er ein Außerirdischer ist. Aber morgen Nachmittag kommt er bei uns vorbei und ... dann müssen wir nochmal reden.

Warum ich?

Veröffentlicht am Dienstag, 2. August 2011 – 17:28

Meine wichtigste Frage vorhin an Malo war: Warum ich? Also nehmen wir mal für eine Minute an, er ist wirklich von einem anderen Planeten. Ja, und die Leute von dort erforschen unsere Erde, wollen jetzt mal mit jemandem reden, weil sie ein paar Fragen zu unserem Laden haben. Hätte ich ja auch, verstehe ich. Warum dann ich? Warum eine frustrierte Schwangere, die zur Zeit nichts Sinnvolles macht außer Kinder hüten und brüten, ein viel zu langweiliges soziales Leben hat und verdammt nochmal überhaupt nichts erklären kann? Die das meiste, was in unserer Welt abgeht, nicht mal ansatzweise selbst versteht? Warum nicht Obama oder Stephen Hawking? Oder wenigstens jemand, der an Außerirdische glaubt? Ich kenn ja nicht mal den Unterschied zwischen Star Trek und Star Wars! Also: Warum ich? Ich sag's gleich: Die Antwort war unbefriedigend.

Malo sitzt da vor mir. In meinem „Arbeitszimmer". Mit Ben auf dem Schoß (der aufgewacht ist, als Malo geklingelt hat). Und lächelt. Dieses … Mann! … unwiderstehliche Lächeln. Und sagt: „Das ist genau richtig so. Vertrau mir!"

Als ob ich mir nicht schon blöd genug vorkomme, nickt Ben dazu und sagt seinen derzeitigen Lieblingssatz: „Na gut!"

Ich sitze erst einmal da. Stumm. Und denke: Okay, Vanessa, du hast jetzt die Wahl. Entweder verbringst du diesen Sommer mit Folgendem:

- Viel zu schnell zunehmen
- Der 865. Suche nach Niko in Bens neuem Wimmelbuch
- Dich über das miese Wetter beklagen
- Schnäppchenjagd im Alnatura (könnt Ihr ja mal versuchen …)
- Einem überarbeiteten Ehemann, der bei der leisesten Kritik darauf verweist, dass du ja diese Wohnung unbedingt kaufen wolltest … Dabei war das vor der Wirtschaftskrise und wir noch Doppelverdiener! (Ich schweife ab.)
- Lego
- Schlafen

Oder: Du triffst dich regelmäßig und heimlich (aufregend!) mit einem extrem attraktiven, wunderbar riechenden Psycho, der binnen Sekunden Ben in ein zahmes Kätzchen verwandeln kann, und … erklärst ihm die Welt.

Na ja.

Die Welt erklären

Veröffentlich am Mittwoch, 3. August 2011 – 15:57

Er ist gerade weg. Unser erstes Treffen „Vanessa erklärt einem Außerirdischen die Welt". Es war … Puh. Aber von vorne: Was habe ich mir heute morgen einen Kopf gemacht. Nicht nur darüber, was ich anziehen soll. Sondern sogar noch mehr darüber, wie ich Blamagen verhindere. Natürlich war ich mir sicher, Malo will so etwas wissen wie: Warum sind die Amis so tief in die Schulden gerutscht? Wie man sich verschuldet – dazu hätte ich was sagen können, aber diese ganze Nummer mit Noch-mehr-Schulden-aufnehmen-um-Schulden-zu-bezahlen habe ich schlicht nicht verstanden. Also habe ich alle News-Seiten hoch- und runtergelesen, um mich bloß nicht zum Horst zu machen.

Dann ist er da. Wir setzen uns in mein „Arbeitszimmer", wie immer. Ich sage:

„Schieß los! Was brennt deinen Alien-Kumpels und dir unter den Nägeln? Was wollt ihr über die Erdlinge wissen?" (Geht nicht ohne Spott).

Innerlich wette ich, er fängt mit Mubarak und der derzeitigen Situation in Ägypten an, doch er dreht sich um, zeigt hinter sich auf meinen Schuhschrank und fragt: „Das sind alles deine Schuhe?"

Ich: „Äh?“

„In den Kartons sind doch Schuhe, oder?“

„Ja. Meine … Schuhe. Das sind meine Schuhe …“

„Wieso hast du so viele Schuhe?“

Das ist die erste Frage, die ein Außerirdischer uns Menschen bzw. … Menschenfrauen stellen will? Wieso ich so viele Schuhe habe? Und überhaupt: Viele?

„Viele?“, frag ich ihn.

„Du kannst nur ein Paar Schuhe tragen.“

Jetzt klingt er schon wie Konstantin. Freundlicher, okay. Aber … Ruhig bleiben!

„Nun, ich mag Schuhe. Und finde es … schön, wenn ich eine gewisse Auswahl habe. Es passt ja nicht jeder Schuh zu jedem Outfit. Wir … Frauen … Menschenfrauen … gucken gerne auf Farbkombinationen, Stil und … solche Sachen halt.“

Er hört mir die ganze Zeit aufmerksam zu. Ich weiß nach wie vor nicht, ob dieser Mann mich konstant verarscht. Plötzlich fragt er: „Hast du viel … Geld?“

Er spricht „Geld“ aus, als ob es ein ihm völlig unverständliches Konzept ist. Ich bin mittlerweile gereizt.

„Nein, ich habe nicht viel Geld. Nicht mehr. Deswegen habe ich seit Längerem auch keine neuen Schuhe bekommen.“

„Das macht dich traurig?“

„Ja, verdammt!“

Jetzt bin ich sauer. Ich denke ernsthaft darüber nach, ob er ein Kumpel von Konstantin sein kann und die beiden mich großartig reinlegen. Ich will den ganzen Quatsch schon abbrechen. Doch plötzlich sagt Malo: „Kannst du sie mal anziehen?“

„Was?“

„Die Schuhe? Und die … wie sagst du? … Outfit?“

„Du willst, dass ich dir meine Schuhe vorführe? Mit meinen Kleidern? … Alle?"

Meine Stimme überschlägt sich leicht. Er nickt. Also ob es das Interessanteste der Welt wäre.

Danach habe ich den ungelogen schönsten Nachmittag seit Wochen erlebt. Er hat sich alle Schuhe angeschaut. Mit diversen Kleidern. Und er fand es richtig spannend. Hatte eine Meinung zu den Kombinationen. Eine gar nicht mal so dumme Meinung. (Außer dass er nicht verstanden hat, wieso die Ugg Boots nicht mit einem Kleid gehen.) Und … es war bezaubernd. Dieser Mann, dieses Lächeln, diese Ruhe, dieses Interesse! Als Ben wach wurde, musste Malo gehen. Und das machte mich richtig traurig! Aber ich will nicht, dass der Kleine ihn so oft sieht. Ben redet mittlerweile immer mehr. Und wer weiß, ob Konstantin ihm nicht doch manchmal zuhört. An der Tür habe ich Malo gefragt, ob es wirklich das war, was er „über uns" erfahren wollte? Er nickte. Und sagte:

„Wir möchten dich kennenlernen!"

Dann lächelt er. Hätte er dieses beknackte „Wir" noch weggelassen, ich wäre richtig glücklich gewesen.

Kurz zwischendurch …

Veröffentlicht am Donnerstag, 4. August 2011 – 16:11

Heute kein Treffen mit Malo. Er ist „ein paar Tage" weg, um den Führer zu treffen. Kein Witz. Er sagt wirklich: „Ich treffe den Führer."

Von Anfang an ging das so. Er kann mir nicht mehr über seinen Heimatplanet sagen, weil „der Führer" es untersagt hat. „Der Führer" freut sich, dass ich dem Besuch zugestimmt habe. Und so weiter.

Als ich mal gefragt habe „Dein Chef?", meinte er, dass man das so nicht übersetzen könnte, denn eigentlich wären sie gleichrangig und der andere führt nur … was auch immer. Keine Ahnung. Der Typ ist halt „der Führer". Ich weiß nicht, ob Malo darauf wartet, dass ich mal was dazu sage, oder ob er wirklich nicht weiß, dass das hier … auf diesem Planeten und besonders in diesem Land … merkwürdig klingt. Ich kann das immer noch nicht ernst nehmen, dass ich hier einen echten Alien als Besucher haben soll …

Na ja, auf jeden Fall ist er nicht da.

So, jetzt muss ich Ben wecken, weil ich einen Zahnarzttermin habe. Ich hasse es, Ben zu wecken. Er ist so wunderschön, wenn er schläft. Ihn an sein Kissen gekuschelt zu sehen, ist jedes Mal eine kleine Injektion Glück. Hach.

Schlag in den Nacken

Veröffentlicht am Samstag, 6. August 2011 – 14:34

Heute muss ich mal was anderes loswerden. Mein außerirdischer Freund hat sich noch nicht gemeldet. Dafür hatten wir heute Morgen einen Termin beim Frauenarzt. Einen sehr wichtigen Termin. Ich bin immer noch … sehr, sehr durcheinander.

Wir waren bei der Nackenfaltenmessung. Und als die Ärztin mit dem Ultraschall an der entscheidenden Stelle war, der Nackenfalte, kam da dicses: „Oh!“. Das werde ich nie vergessen. Das ging mir durch den ganzen Körper. Konstantin musste die ganze Zeit Ben ablenken, er hat es erst gar nicht mitbekommen. Aber als wir dann diesen ausgedruckten Zettel bekommen haben mit den ganzen Maßen und Risikowerten, da war alles klar. Das Risiko für Trisomie 21 war bei Ben irgendwo bei 1:Paartausende. Heute war es bei 1:165.

Natürlich hat meine Frauenärztin zehn Mal gesagt: „Das muss noch gar nichts heißen!“, aber wieso machen wir dann diesen Test? Und wieso hat sie beim letzten Mal erzählt, dass man sich erst bei einem Risiko unter 1:300 Sorgen machen muss. 1:165 ist unter 1:300! Sogar ein ganzes Stück. Oder? Wir sollen die Blutuntersuchung mal abwarten. Die dortigen Ergebnisse können den Wert nochmal deutlich verbessern (aber auch verschlechtern!). Dienstag kann ich sie abholen. Das werden die längsten drei Tage meines Lebens. Ich sitze jetzt schon seit einer Stunde hier und google alles über Down-Syndrom. Ich weiß. Das sollte man nicht machen. Aber ich bin so verdammt allein mit dem Mist.

Konstantin? Wollt Ihr echt wissen, wie er reagiert hat? Hat sich den Zettel angeschaut. Nix gesagt. Gut, er redet nicht so oft über seine Gefühle und ich dachte: Vor der Ärztin und so. Das will er nicht. Dann waren wir im Auto. Er wirkte sehr nachdenklich. Mir ging es beschissen. Ich frage ihn: „Und? Was denkst du?“

Er antwortet ungelogen: „Mich nervt’s total, dass die Hertha ausgerechnet heute am Abend spielen muss! Samstag. Warum nicht morgen, wenn ich mir freinehmen kann?“

Ich hätte ihm eine klatschen können. Ich hätte es wahrscheinlich auch gemacht, wenn Ben nicht dabei gewesen wäre. Ich fauche ihn an: „Was?“

„Bin total angefixt. Gestern Dortmund – war so ’n klasse …“

„Das ist dein Problem?“, unterbreche ich ihn wütend. „Dass unser Kind behindert sein könnte – das juckt dich nicht?“

Er winkt ab.

„1:165. Immer noch total unwahrscheinlich. Lass uns die Blutwerte abwarten.“

Sagt es, startet den Wagen und fährt los. Das war es. Kein Wort sonst. Ich hatte dann auch keinen Bock, es nochmal anzusprechen. Habe dicht gemacht. Jetzt ist er schon los ins Restaurant und will versuchen, dass sie dort „wenigstens in der Küche“ einen Fernseher aufstellen können, weil das ja so wahnsinnig wichtig und toll ist, dass die Hertha heute spielt.

Ich wünschte, Malo wäre hier.

Wespen

Veröffentlicht am Sonntag, 7. August 2011 – 21:58

Ich weiß nicht, ob es mein neues Shampoo ist oder dieses beknackte Biohaarfärbemittel, mit dem ich meine Ansätze kaschieren wollte (hat nicht funktioniert!), aber in diesem „Sommer“ lieben die Wespen mich. Manchmal komme ich unten aus der Tür und habe sofort drei Viecher um meinen Kopf herum. Ich hasse es! Eigentlich habe ich nicht wirklich Angst vor denen, aber in den

Haaren möchte ich sie wirklich nicht haben. Ich werde zunehmend panisch.

Warum ich das erzähle? Weil es gleich wichtig wird. Heute Morgen hat Konstantin mal wieder auf Papa gemacht und ist mit Ben auf den Spielplatz gegangen. Wart Ihr mal sonntagmorgens auf ’nem Spielplatz? Nur Väter! Die glauben, mit einmal in der Woche Rutschen und Schaukeln würden sie alles wettmachen. Ich weiß, ich bin unfair. Die müssen arbeiten. Aber Konstantin hat im Moment bei mir verschissen. Er merkt doch, dass ich – seit wir gestern dieses furchtbare Ergebnis bei der Nackenfaltenmessung bekommen haben – neben mir stehe. Aber er sagt nichts, macht nichts, tut so, als ob alles dufte wäre. Auf jeden Fall ist er mit Ben raus und ich hab’s allein hier nicht ausgehalten. Fand mich schon wieder vor dem Computer, um mir Seiten über das Leben mit Behinderten anzuschauen. Also bin ich auch raus. Spazieren. Alleine! Wann habe ich das das letzte Mal gemacht?

Plötzlich steht Malo vor mir. Aus dem Nichts. Wie immer. Bestens gelaunt grüßt er mich mit seinem unwiderstehlichen Lächeln und erwischt mich damit so richtig auf dem falschen Fuß. Denn gute Laune und unwiderstehliches Lächeln kann ich gerade gar nicht haben. Er wollte wohl ein weiteres „Ich-lerne-Planet-Erde-kennen“-Treffen verabreden, aber auf diesen Kindergarten hatte ich überhaupt keine Lust, also habe ich ihn zusammengefaltet. Ob er jetzt nicht genug von seinem Psychokram hat. Ob er nicht besser mal wieder auf seinen Planeten verschwindet, wenn die da so viel weiter sind als wir. Und all so einen Kram. Ich habe mich richtig reingesteigert. Er war beeindruckt. Das konnte ich sehen. Genau dann kamen die Wespen! Zwei! Im Sturzflug auf meine Haare. Es war absurd. Als ob ich Marmelade darin hätte oder was auch immer die gerne essen. Ich habe angefangen, panisch rumzufuchteln. Das muss richtig beknackt ausgesehen haben. Meine ganze Härte und Wut war weg. Ich war nur noch ein Häufchen Elend. Wollte davonlaufen. Da nimmt Malo meine Hand (das hat er noch nie gemacht), scheucht die Wespen davon, als ob er Profi für so etwas wäre, und schaut mir tief in die Augen: „Was ist los?"

Da kann man nicht nichts sagen. Er wusste noch gar nicht, dass ich schwanger bin. Außer Konstantin und der Frauenärztin weiß es niemand. Wir wollten wieder bis zum Ende des ersten Trimesters warten (heute!). „Weil man ja nie weiß." Haha. Aber ich musste Malo einfach alles erzählen. Von der Schwangerschaft und von unserer NT-Messung. Risiko für Down-Syndrom 1:165. Und was macht er, als ich fertig bin? Er nimmt mich wortlos in den Arm. Es hat mir die Welt bedeutet. Scheiße, Mann, ist das denn so schwer, Konstantin? Mh? Malo hat auch nicht gesagt, dass „alles schon wird" und „Warten wir doch mal ab", sondern ein einfaches „Dir muss es sehr, sehr schlecht gehen!"

Ja, geht es! Ich wollte ihn gar nicht mehr loslassen. Und würde wahrscheinlich jetzt noch da stehen, wenn nicht plötzlich Ben um die Ecke angepest gekommen wäre.

Normalerweise geht Konstantin mit dem Kleinen immer auf so einen Minispielplatz, wo Ben nicht abhauen kann, aber aus irgendwelchen Gründen war er heute mit ihm im Park. Genau da, wo ich auch war. Ich konnte mich gerade noch von Malo lösen, da kommt auch schon Konstantin angelaufen. Ich bin sofort auf Ben zugestürmt, habe ihn absurd übertrieben begrüßt, als ob ich ihn seit Jahren nicht gesehen hätte. Und war sogar zu Konstantin nett, obwohl ich eigentlich stinkesauer war. Malo hat es sofort gerafft und ist weitergegangen, als ob er ein Passant wäre. Plötzlich rennt Ben hinter ihm her und zieht an seiner Jacke, ruft „Puppe, Puppe" (weil Malo ihm immer mit so einer Fingerpuppe was vorspielt). Ich dachte, ich sterbe. Konstantin ruft: „Ben, lass den Mann in Ruhe!" Ben zieht immer weiter. Konstantin zerrt Ben weg, entschuldigt sich bei Malo, der nur freundlich nickt und macht, dass er davonkommt. Ben weint. Konstantin schaut mich irritiert an. Ich, total drüber: „Hier sind überall Wespen! Lass uns nach Hause gehen!"

Ich war den ganzen Tag hypernervös. Fehlt mir noch, dass Konstantin ausgerechnet jetzt was von den Treffen mit Malo mitbekommt. Obwohl ja gar nichts passiert ist. Außer diesem Alien-Quatsch. Jetzt allmählich geht es aber wieder mit meinen Nerven. Ben schläft. Und Konstantin „nutzt" seinen freien Abend, um „endlich mal wieder" einen alten Kumpel zu treffen. Na ja. Ein Gutes hatte die Aktion mit Malo: Ich denke nicht mehr alle zwei Minuten über das Risiko nach. 1:165. Jetzt allerdings doch wieder. Mist.

Hau ab!

Veröffentlicht am Montag, 8. August 2011 – 21:49

Möglich, dass das mein letzter Eintrag in meinem Blog ist. Ich habe Malo zum Teufel gejagt. Und ohne Malo … Also darum ging's ja hier eigentlich. Um diesen Psycho und … Heute hat er's übertrieben!

Am Wochenende die Umarmung. Das hat mir was bedeutet. Und heute macht er alles kaputt. Ich sitze hier vor Wut zitternd.

Montags ist Konstantins Restaurant geschlossen, deswegen ist er meistens zu Hause. Das weiß Malo. Deswegen hat er offensichtlich den halben Tag vor der Tür gestanden. Als ich nachmittags rauskomme, um kurz etwas einzukaufen, ist er sofort da. Fragt, wie es mir geht. Ich finde das natürlich sehr aufmerksam und auch rührend. Freue mich. Erzähle ihm von meinen Ängsten und dass ich mir das überhaupt nicht vorstellen kann, mit Konstantin ein behindertes Kind großzuziehen, und dass diese Ungewissheit mich fix und fertig macht. Da schaut er mich total ernst an und sagt in so einem komischen Verschwörerton: „Ich kann dir helfen!"

„Wie? Helfen?", frage ich.

Er schaut mich noch verschwörerischer an und sagt:

„Ich darf das eigentlich nicht. Der Führer darf das nie erfahren!"

Da fand ich's schon komisch. Ich meine: Das ist ein ernstes Thema und wenn er jetzt wieder seinen Außerirdischen-Quatsch da reinbringt – das fühlte sich einfach falsch an. Aber ich wusste ja nicht, was kommt, also höre ich ihm weiter zu. Da sagt er: „Wir haben eine Möglichkeit … mit einem kleinen Gerät, das ich nur auf deinen Bauch halten muss …"

Er kommt näher und sagt sehr leise: „Wir wissen danach, ob dein Kind gesund ist oder nicht."

Das war für mich wie eine Ohrfeige. Der Mann hat wirklich gut reagiert am Anfang, ja. Und er ist auch sonst der Wahnsinn. Ich find ihn so toll, dass ich diese ganze „Ich-komm-von-einem-anderen-Planeten"-Nummer wirklich ausblenden konnte. Aber wenn er jetzt mit einem Klumpen Alufolie auf meinem Bauch rumfahren will, um mir dann zu erzählen, dass mein Fötus mit ihm redet oder was weiß ich: Das ist krank! Und das kann ich echt nicht gebrauchen. Nicht heute. Nicht in der Zukunft. Das habe ich ihm gesagt. Und auch, dass ich ihn nie wiedersehen will. Schluss. Aus.

Morgen kommt das Ergebnis der Blutuntersuchung. Der echten Blutuntersuchung. Dann werden wir sehen, wie schlimm es wirklich ist. Nicht mein Tag. Gute Nacht.

Nur kurz …

Veröffentlicht am Dienstag, 9. August 2011 – 12:32

Das Blut ist auch nicht okay. Das „adjustierte Risiko“ ist nun bei 1:26. Alles, was Konstantin dazu einfällt:

„Versuch mal den Buchstaben zu erraten, an den ich gerade denke!“

Super. Ich denke an ganz andere Sachen, Konstantin.

Ich kann heute nicht schreiben.

Risiken

Veröffentlicht am Donnerstag, 11. August 2011 – 23:39

Die letzten Tage waren die Hölle. Ich konnte einfach nicht schreiben. Alles unklar, alles verstörend. Aber eben habe ich eine Entscheidung getroffen.

Ich habe mich jetzt hoch und runter mit den Themen Vorsorge, Nackenfaltenmessung, Fruchtwasseruntersuchung usw. beschäftigt, viel zu viel erschreckende Forenbeiträge gelesen und bin zu einem Schluss gekommen: Das ist alles ein großer Blödsinn! Ich muss zugeben, ich habe meiner Frauenärztin blind vertraut, als sie (auch schon damals bei Ben) meinte: „Machen Sie mal die Nackenfaltenmessung – zur Sicherheit!“ Sicherheit? Sicherheit ist im Ernstfall ja wohl das Letzte, was man da bekommt. Diese ganzen Risikowerte basieren nur auf Statistiken! Kein Mensch hat auch nur einen blassen Schimmer, warum Kinder mit einer dicken Nackenfalte öfter eine Behinderung haben als die ohne dicke Nackenfalte. Es geht nur darum, dass schon „ganz oft“ solche Kinder hinterher behindert waren.

So, und auf der Grundlage schicken sie einen dann zur Fruchtwasseruntersuchung. Wenn man sich damit beschäftigt, kommt man zum nächsten Risiko: Es gibt bei Fruchtwasseruntersuchungen nämlich ein Risiko zwischen 0,5 bis 2,5% (je nachdem, wo man nachliest), dass man hinterher eine Fehlgeburt hat. (Es gibt sogar eine Studie, die zeigt, dass es bei Assistenzärzten ein mehr als doppelt so hohes Risiko wie bei Fachärzten gibt, dass man das Kind wegen der Untersuchung verliert. Hammer! Okay, ich schweife ab.) Aber erklär mir doch mal einer Folgendes: Frauenärzte schicken einen ab einem Down-Syndrom-Risiko von 1:300 zu einer

Untersuchung, bei der es ein Risiko von mindestens 1:200 gibt, das man durch die Untersuchung das Kind verliert. Finde nur ich das komisch?

Trotzdem macht mich mein Risiko natürlich verrückt. 1:26. Und wer bisher gar keine Hilfe war, ist der Vater des Kindes. Überhaupt war Konstantin in den letzten Tagen noch abwesender als sonst. Physisch, aber auch was seine Aufmerksamkeit angeht, wenn er denn mal da ist. Heute Nachmittag sagt er plötzlich: „Kommt doch heute Abend mit ins Restaurant."

Das hat er lange nicht mehr gemacht. Weil es ihm zu stressig ist, wenn ich mit Ben da bin. Konstantin muss den Laden schmeißen und Ben stellt alles auf den Kopf. Natürlich kümmern sich die Jungs in der Küche rührend um den Kleinen, aber das Restaurant ist eher so ein cooler Szeneschuppen und ein Kleinkind passt abends nicht. Auf jeden Fall durften wir heute mit. Und es war wirklich schön. Ingo – Konstantins Chefkoch – hat leckere, frische Ravioli für Ben gekocht. Der Kleine hat das Zeug geliebt! Wir haben in der Küche gegessen und Ben war der König. Irgendwann in einer eigentlich nicht existierenden ruhigen Minute nahm Ingo mich zur Seite und sagte: „Auch wenn's vielleicht anders rüberkommt: Konstantin geht's echt nicht gut!"

Ich war baff zu erfahren, dass Ingo nicht nur von der Schwangerschaft wusste (als Erster!), sondern auch von dem Risiko. Dass Konstantin das alles fertigmacht, war neu für mich. Warum kann er nicht mit mir darüber reden? Ich hätte das gebraucht!

„Weil er dich nicht belasten will!", erklärte mir Ingo. „Und weil er noch andere Sorgen hat."

Auch das war mir neu. Aber, na klar, ich hätte drauf kommen können: Seit Tagen spielen die Börsen verrückt. Es sieht nicht gut aus. Der große Crash 2009 hat uns schließlich tief in die Schulden getrieben, weil durch die Wirtschaftskrise sein Restaurant nicht mehr lief und wir die Wohnung mit viel zu hohen Zinsen gekauft hatten. Gerade läuft's wieder einigermaßen, aber wenn die Wirtschaft jetzt wieder abschmiert …

Ich weiß nicht, ob Konstantin Ingo gebeten hatte, mit mir zu reden. Oder ob die Einladung ein hilfloser Versuch war, Anteilnahme zu zeigen. So oder so: Er ist nicht ganz so ein Idiot, wie ich in den letzten Tagen dachte – und ich war auch tatsächlich unaufmerksam. Klar geworden ist mir aber auch wieder: Konstantin hilft mir nicht weiter. Ich muss da alleine durch. Und ich muss am Ende die wesentlichen Entscheidungen selbst treffen.

Deswegen habe ich jetzt entschieden, Malo zu suchen. Wenn diese ganzen Untersuchungen bei uns nur auf Statistiken beruhen, dann kann es ja sein, dass eine weiterentwickelte Zivilisation bereits Zusammenhänge versteht, Fakten hat, Antworten geben kann. Was weiß ich. Also soll Malo verdammt nochmal seine komische Außerirdischen-Untersuchung machen. Scheint mir auch nicht viel absurder als das, was ich hinter mir habe. Und wenn Malo mir glaubhaft vermitteln kann, dass das Kind in Ordnung ist, werde ich das Thema abhaken. Keine Fruchtwasseruntersuchung. Kein weiterer Stress. Sobald Konstantin morgen aus dem Haus ist, ziehe ich los. Angeblich wohnt Malo in einem Hotel nicht weit von hier. Wir werden sehen.

Artischocken

Veröffentlicht am Samstag, 13. August 2011 – 12:17

„Ja, Stefan Müller ist unser Gast. Erwartet er Sie?“, fragt die Frau an der Rezeption.

„Ähm, nee …“

„Ich rufe ihn an. Ihr Name?“

Das ging mir eigentlich zu schnell, aber ich bin ja in das Hotel gegangen, um ihn zu finden. Dass es so einfach ist, hätte ich nicht gedacht. Ich sage ihr meinen Namen. Sie telefoniert kurz und sagt dann:

„Sie können hochgehen. Zimmer 212.“

Hochgehen? Will er nicht lieber runterkommen? Oder … Ich werde nervös. Sehr nervös. Und zwar nicht, weil mich gleich der attraktivste Mann, den ich kenne, in seinem Hotelzimmer empfangen wird, sondern weil ich vielleicht etwas darüber erfahren werde, wie es meinem Kind geht. Wenn ich ihm die ganze Nummer abnehme!

Als er die Tür öffnet, fällt mir als Erstes auf: Artischocken! Unmengen von Artischocken liegen auf dem Tisch in dem geräumigen Zimmer (muss eher eine Suite sein). Ein ganzer Berg. Vierzig, fünfzig. Ich bin schlecht im Schätzen. Malo steht vor mir und lächelt mich an. Unwiderstehlich wie immer. Ja. Aber auch etwas unsicher.

„Hallo Vanessa!“

Er sieht meinen irritierten Blick auf die Artischocken und sagt: „Artischocken. Sehr gesund!“

Dabei lächelt er, als ob es völlig normal wäre, dass man gleich fünfzig davon in seinem (schicken und super ordentlichen!) Hotelzimmer stapelt. Aber wisst Ihr was: Es gab mir das Gefühl, dass ich auf dem richtigen Weg war. Denn alles, was schräg an Malo ist, bestärkt mich darin, dass er wirklich ein Alien ist.

Als Nächstes bestärkt mich das mit der Ironie. Er versteht sie nicht. Offensichtlich. Gut, es gibt auch auf der Erde eine Menge Menschen, die Ironie nicht verstehen. Aber dass er die ganze Zeit gedacht hat, dass ich ihm die Außerirdischen-Nummer glaube – trotz all meiner doofen Sprüche über Marsmenschen und „nach Hause telefonieren“ – ist schon schräg. Entsprechend verstört hatte ihn, dass ich ihn am Montag zum Teufel gejagt habe. Seine Unsicherheit ist echt. Das spüre ich. Es macht mich immer sicherer. Er versteht wirklich nicht, warum ich sauer auf ihn bin beziehungsweise war. Schließlich sage ich: „Okay, ich will das machen. Das mit dem … Gerät, mit dem man sehen kann, ob mein Baby gesund ist!“

Malo ist nur eine Minisekunde überrascht, nickt dann. Und sagt: „Zieh dich aus!“

Sagt es und geht davon ins andere Zimmer, während ich immer noch im Eingangsbereich der Suite stehe. Ich denke, (ich hoffe?) er meint, dass ich den Bauch frei machen muss. Oder will er das … vaginal … ? Ich werde wieder unsicher: Doch nur eine große Verarsche, um irgendwelche perversen Sexspielchen zu machen? Aber er hat doch gesagt …?

„Ich muss das auf deinen Bauch legen“, sagt er, als er mit einem kleinen schwarzen Kästchen zurückkommt. Es ist unglaublich schwarz. Trotzdem scheint das Ding irgendwie zu glitzern. Auf jeden Fall wartet Malo mit dem Kästchen in der Hand geduldig darauf, dass ich meinen Bauch frei mache.

Wenn man regelmäßig zum Frauenarzt geht, ist man ja einiges gewohnt. Ich will da jetzt nicht ins Detail gehen, aber auch die unangenehmste Untersuchung ist allenfalls … unangenehm. Selbst als ich früher noch bei einem Frauenarzt und keiner Frauenärztin war, hatte das ganz sicher nie etwas Erotisches. Anders sieht es aus, wenn du mit freigelegtem Bauch in einer Hotelsuite auf dem Sofa liegst, dieser Mann vor dir kniet und deinen Bauch mit seinen wunderschönen, warmen Händen … wie soll ich sagen … zärtlich streichelt. (Ich glaube, er wollte ein paar Flusen wegwischen.) Gott sei Dank liegt in meinem Sichtfeld ein riesiger Berg Artischocken, so dass ich schnell auf das zurückkomme, worum es geht: Mein Baby! Malo setzt die kleine schwarze Kiste auf meinen Bauch. Ich hätte erwartet, dass sie kühl ist, aber sie hat eher Körpertemperatur. Malo schaut auf ein Display, das für mich ebenfalls komplett schwarz aussieht. Er schiebt die Kiste sanft zur einen Seite, dann sanft zur anderen Seite. Hat dabei die ganze Zeit die andere Hand auf dem Bauch. Und ist hoch konzentriert. Plötzlich sagt er: „Du bist seit fünfundsiebzig Tagen schwanger!"

Das irritiert mich erst. Weil ich nur in Wochen rechne und man ja noch die ersten zwei Wochen mitzählt. Aber wenn man es umrechnet, kommt man in Schwangerensprache auf 12+5. Was gestern – als ich bei Malo war – exakt stimmte. Genauso wie es zum tatsächlichen Tag der Zeugung passt: Das letzte Maiwochenende waren Konstantin und ich an der Ostsee. Alleine. In der Nacht vom 28. auf den 29. Mai hatten wir nach einem sehr schönen Tag und wundervollem Abendessen (mit Champagner!) Sex. Der einzige Sex weit und breit. Vom 29. Mai bis gestern: Fünfundsiebzig Tage!

Okay, spätestens jetzt glaube ich Malo wirklich! Ich schaue ihn an: Ein Außerirdischer! Ein Mann von einem anderen Planeten. Wow. Er schiebt die Glitzerkiste vorsichtig weiter. Dann noch ein Stück. Schließlich schaut er mich an und lächelt.

„Dein Kind ist gesund!"

Ich hab's im ersten Moment gar nicht kapiert. Ich war noch bei: „Ein Außerirdischer! Wow!". Aber schließlich kommt es bei mir an. Tränen schießen mir in die Augen. 1:26 – pah! Mein Kind ist gesund! Keine Fruchtwasseruntersuchung. Keine Risiken mehr. Der Spuk ist vorbei. Plötzlich fragt Malo: „Weißt du schon, was es ist?"

Ich schaue ihn verdutzt an. Ernsthaft? Und höre mich stammeln:

„Äh, nein, das … das kann man bei uns … erst … in ein paar Wochen sehen."

Ich habe wirklich „bei uns" gesagt. Und es zum ersten Mal auch gemeint. Malo lächelt.

„Willst du es wissen?"

Ich nicke. Sprachlos.

„Was wünschst du dir denn?"

„Ein Mädchen."

Er lächelt breit. Diesmal nur unwiderstehlich. Und überhaupt nicht unsicher. Dann nickt er.

„Es ist ein Mädchen!"

Ich bin dann wenig später irgendwie in Trance aus dem Zimmer raus. Musste das alles erst einmal verarbeiten. So viel verarbeiten. Konnte so gerade noch auf dem Weg nach draußen zu ihm sagen: „Komm mich doch morgen Abend besuchen."

Jetzt sitze ich hier. Konstantin ist schon bei der Arbeit und wird heute – wie jeden Samstag – ganz sicher nicht vor Mitternacht zu Hause sein. Ben spielt in der Küche mit den Artischocken, die ich gekauft habe. Denn ich werde für Malo kochen. Das hat er sich verdient!

Die perfekte Dorade

Veröffentlicht am Sonntag, 14. August 2011 – 16:30

Hat hier schon mal jemand für einen Außerirdischen gekocht? Ich kann nur davon abraten! Das ist definitiv noch schwieriger als mit meiner Freundin Anja essen zu gehen (Extrateller …). Dabei habe ich mir richtig Arbeit gemacht.

Als ich am Freitag bei ihm war, gab's ja den dezenten Hinweis, dass er Artischocken mag. Also dachte ich mir, ich mache dieses wunderbare Rezept mit der Dorade in der Meersalzkruste mit Artischocken-Kartoffel-Gemüse. Das ist ordentlich Arbeit, aber nach dem, was Malo für mich getan hat, war es mir das wert. Gut, vielleicht war es ein Fehler, dass ich ihn damit überraschen wollte. Auf jeden Fall bin ich extra ins KaDeWe gefahren, um eine ganze Dorade zu bekommen. Und ich muss ehrlich sagen: Das war mit der schönste Fisch, den ich je gekauft habe.

Den Fisch vernünftig in seinen Salzmantel zu bekommen, ist eine Sauerei, aber nichts gegen die Strapaze, diese doofen Artischocken zu „schälen" und klein zu schneiden. Im KaDeWe hatten sie nur so Riesendinger, aber weil ich die auch bei Malo im Hotelzimmer gesehen hatte, schienen sie mir passend. Sauanstrengend! Ich dachte noch: ‚Wie der jemals fünfzig davon klein bekommt – keine Ahnung!'

So oder so: Am Ende war das Essen perfekt! Ich habe den Tisch wunderschön gedeckt. Mich wunderschön angezogen. Ben wunderschön früh ins Bett bekommen. Und sogar nochmal kurz unter fadenscheinigen Gründen bei Konstantin im Restaurant angerufen, um sicher zustellen, dass er nicht vor Mitternacht nach Hause kommt. Alles war perfekt.

Dann kommt Malo. Gastgeschenk: Blumen! Hah! Er hat dazugelernt. (Musste ich natürlich später wegschmeißen, damit Konstantin sie nicht sieht.) Er erklärt mit erst mal, wie sehr er sich freut, dass er mich wieder besuchen darf. Und dass ich ihm all seine Fragen über unseren Planeten beantworten will und so weiter. Ich platze vor Aufregung, führe ihn zum Esstisch und erzähle stolz von meiner Überraschung. Er soll sich mal setzen, gleich geht's los. Da merke ich schon: Skepsis. Damit hatte er wohl nicht gerechnet. Aber er setzt sich artig an den Tisch. Macht mir Komplimente, wie schön alles aussieht und wie perfekt meine Schuhe zum Kleid passen und so. Dieser Mann ist einfach toll!

Ich komme mit dem Fisch in der Salzkruste, stelle ihn auf den Tisch. Malo ist beeindruckt. „Was ist denn das?" Da Konstantin so ein Küchenfreak ist, haben wir sogar einen Küchenhammer, mit dem ich dann die Salzkruste aufschlage. Ich denke noch: Wow, das klappt ja super. Die Kruste geht total leicht ab. Der Fisch bleibt ganz und sieht perfekt aus. Ich freu mich so sehr über mich selbst, dass ich erst gar nicht sehe, wie Malos Gesichtszüge entgleisen. Er guckt starr auf den Fisch, als ob dort seine tote Oma liegen würde.

„Ich hoffe, du magst Fisch?"

Er quält sich ein Lächeln ab und sagt: „Nicht so gerne. Nein … Das tut mir leid."

„Oh. Bist du Vegetarier?"

Es rattert längst in meinem Gehirn. Das erste Mal getroffen habe ich ihn im Gorilla – ein explizit vegetarischer Laden. Das nächste Mal im Alnatura, wo er Gemüse gekauft hat, und die Artischocken in seinem

Zimmer … Wieso habe ich nicht schneller geschaltet? Klar ist er Vegetarier.

„Na ja“, sagt er. „Wir töten bei uns generell keine Tiere, um sie … um sie zu essen.“

Und Leute, der Gesichtsausdruck war eindeutig: Es widert ihn offensichtlich an, dass wir das tun. Oh ha.

Ja, Gott sei Dank hatte ich ja die Artischocken. Ich habe noch nie in meinem Leben so schnell einen Fisch vom Tisch geräumt und komme Sekunden später flötend mit dem Gemüse zurück. Sage dabei: „Kein Problem! Mein Fehler! Dafür habe ich aber auch noch Artischocken!“

Ich glaube, ich habe sogar „Ta-da“ gesagt oder sowas. Auf jeden Fall preise ich das beknackte Gemüse an wie einen Lottogewinn. Er freut sich erst. Sichtlich. Aber als er dann die Schale mit Artischocken-Kartoffel-Gemüse sieht, stutzt er. Er schaut hinter mich in die Küche. Dann wieder in die Schale.

„Was ist denn?“, frage ich.

„Wo sind denn die Artischocken?“

„Na da!“

Ich deute auf die mit viel Mühe geschnittenen und perfekt gegarten Artischockenstücke.

Er (enttäuscht): „Oh! Und die Blätter?“

Die Gott verdammten Blätter liegen im Müll! Um sie abzubekommen, habe ich mir die Fingernägel ruiniert! Jetzt sage nicht, auf deinem Planeten esst ihr die Blätter!

„Bei uns isst man die Blätter“, sagt er.

„Aber das hier ist der Boden. Das ist das Beste an den Artischocken!“, insistiere ich zunehmend angestrengt.

Er: „Na ja. Bei uns … gilt der Boden als ungesund.“

Gut, insgesamt war es dann doch noch ein ganz netter Abend. Er hatte eh schon gegessen. Also haben wir uns dann bei einem guten Glas Traubensaftschorle unterhalten, mit Blick auf unseren nach wie vor nicht fertigen Balkon, der endlich mal von der Abendsonne beschienen wurde. Es ging hauptsächlich um mich. Meine Familiengeschichte und so. Gegen elf musste ich Malo dann bitten zu gehen. Denn ich musste ja noch die Küche aufräumen und das ganze Essen runter in den Müll bringen. Oder wie würde ich Konstantin erklären, was eine perfekt gegarte, ganze Dorade in unserem Kühlschrank macht? Seufz.

Frau Bieber

Veröffentlicht am Dienstag, 16. August 2011 – 22:18

Irgendwann hat jemand seine alte Spülmaschine bei uns in den Hof gestellt. Neben die Mülltonnen. Da steht sie jetzt. Seit Wochen. Mittlerweile haben sich andere entschlossen, ihren Sperrmüll gleich dazuzulegen. Die Müllabfuhr nimmt das alles natürlich nicht mit. Das ist in Deutschland ja alles genau geregelt. So wird diese alte Spülmaschine wahrscheinlich Weihnachten noch dort stehen, wenn niemand etwas unternimmt. Dem ganzen Haus scheint es egal zu sein. Dem ganzen Haus? Nein! Johanna Bieber aus dem ersten Stock kämpft seit Wochen einen aussichtslosen Kampf gegen den anonymen Müllabsteller. Erst hat sie es mit einem Zettel an der Spülmaschine versucht (wurde vom Regen aufgeweicht), dann mit einem Aushang und schließlich ist sie von Tür zu Tür gegangen und hat jeden genau unter die Lupe genommen: Wer wirkt asozial? Wer hat eine neue Spülmaschine? Wer hat kein plausibles Alibi? Gebracht hat es nichts. Die anderen Hausbewohner (auch wir) sind längst davon überzeugt, dass jemand von außerhalb die Spülmaschine dort hingestellt hat. In Berlin werden auch Kinderwagen im Hausflur angezündet, warum soll man da nicht auch seinen Sperrmüll irgendwo im Hinterhof abstellen?

Warum erzähle ich das? Weil Frau Bieber ein Problem werden könnte. Nicht wegen der Spülmaschine (auch wenn wir sehr verdächtig waren, weil wir beim Einzug eine komplett neue Küche bekommen haben), sondern wegen Malo. Er wollte mich heute während Bens Mittagsschlaf besuchen. Ich war gerade noch dabei, mein „Arbeitszimmer" von Bens Spielzeugen zu befreien, da höre ich Malos vertraute Stimme im Treppenhaus. Die erkennt man sofort. Tief, aber nicht zu tief. Beruhigend, aber auch fest und entschlossen. Und mit wem redet er? Mit Frau Bieber. Deren Stimme erkennt man auch sofort. Schrill. Ich schieße sofort zur Tür und reiße sie auf. Bekomme noch Frau Bieber mit: „… ich versteh nicht, wie Menschen so etwas machen können!"

Ihr Tonfall klingt, als ob sie von Völkermord redet, aber:

„Was kommt als Nächstes? Ein kaputtes Auto im Hausflur?"

Aha. Sie redet von ihrem Lieblingsthema. Entdeckt mich. Und sagt: „Sie haben wirklich einen reizenden Cousin! Reizend!"

Cousin? Malo lächelt mich freundlich an.

„Hallo Vanessa!"

Ich habe gemacht, dass er in die Wohnung kommt und wir Frau Bieber loswerden. Was macht die überhaupt in unserem Stockwerk? Denke ich noch, während ich die Tür hinter Malo schließe. Da sehe ich ihren

Blick. Wie sie Malo hinterherschaut. Und denke: Oh … mein … Gott!

Man muss dazu sagen: Frau Bieber ist ein klassisches Mauerblümchen. Sie sieht aus wie sechzig, ist aber wahrscheinlich nicht mal fünfzig. Als Kreuzberger Mauerblümchenvariante eine totale Biofanatikerin und, nun ja, sehr umweltbewusst, besonders was die Mülltrennung und Müll im Allgemeinen angeht. Aber Männer spielen in ihrem Leben, soweit ich das nach den letzten acht Monaten beurteilen kann, keine Rolle. Eigentlich habe ich sie bisher auch nur verspannt und unfreundlich erlebt. Aber wie sie Malo anschmachtet … Au weia. Und mir wird klar: Natürlich finden auch andere Frauen diesen Mann attraktiv. Dass es nun ausgerechnet Frau Bieber sein muss, ist nicht so toll, aber natürlich: Der Kerl ist der Hammer. Was ich aber ganz sicher nicht gebrauchen kann, ist, dass sie jetzt ein gesteigertes Interesse an Malo zeigt und am Ende auch noch Konstantin nach … meinem Cousin fragt. Nach meinem Cousin?

„Mein Cousin?“, frage ich Malo mühsam beherrscht, als er endlich in der Wohnung ist.

„Tut mir leid. Sie hat mich schon öfter hier gesehen, sagt sie. Der Führer sagt immer, dass ‚Cousin‘ nah, aber auch unverbindlich klingt.“

Seufz. Nun ist er also mein Cousin. Ich habe zwar einen Cousin, aber … Lassen wir das. Das Gute ist, dass Konstantin Frau Bieber nicht ausstehen kann (und andersherum), seit sie einmal wegen eines nicht ordnungsgemäß gefalteten Bobby-Car-Kartons im Papiermüll aneinandergeraten sind … Es gibt also Hoffnung, dass sie mit ihm nicht über meinen „Cousin“ reden wird. Und so verhuscht, wie sie ist, wird sie ja wohl eh Schiss haben, Malo noch einmal anzuquatschen.

Dachte ich. Nach zwei wirklich interessanten Stunden, in denen ich Malo viel über unsere kleine Familie erzählt und einfach nur seine Gegenwart genossen habe, verabschiede ich ihn, bevor Ben wach wird. Und wer steht ganz zufällig wieder im Treppenhaus? Frau Bieber. Ob denn ein „so reizender Mann“ vergeben ist? Ich denke, ich spinne. Die flirtet mit ihm? Malo antwortet souverän, dass das nicht der Fall ist. (Und mir fällt auf, dass ich noch nie die Möglichkeit in Erwägung gezogen habe, dass es auf seinem Planeten ja auch eine Mrs. A-lien geben könnte.) Er verabschiedet sich von seiner Cousine und von Frau Bieber, die ihm noch die ganze Treppe lang nach unten folgt. Die Worte „reizend“ und „Spülmaschine“ hallen immer wieder nach oben. Und ich stehe ratlos da: Wie werden wir die jetzt wieder los?

Gefährliche Liebschaft

Veröffentlicht am Donnerstag, 18. August 2011 – 16:19

Seit Frau Bieber gefragt hat, ob Malo vergeben ist, bin ich nicht mehr von diesem Gedanken losgekommen: Hat er eine Frau auf seinem Planeten? Ich weiß nicht, was das für mich bedeuten würde. Ich meine: Ich habe einen Mann. Und diese ganzen Treffen mit Malo sehen nach allem aus, nur nicht nach einer Affäre/einer Beziehung/etwas mit Zukunft. Trotzdem: Irgendwie bohrt diese Frage in mir.

Es traf sich daher gut, dass Malo bei unserem Treffen vorhin über Politik reden wollte. Also darüber, wie ich so die politische Welt sehe. Ihm ist natürlich auch schon aufgefallen, dass in Berlin bald Wahlen sind, und wollte nun halt mal hören, ob …

„Stopp!“, blöke ich dazwischen, als er mit dem Thema anfängt. Etwas zu laut. Und damit haben wir dann auch schon viel zu viel Aufmerksamkeit auf dem Themenwechsel, aber da muss ich jetzt durch.

„Warum beantworte ich eigentlich immer nur deine Fragen? Ich meine, ich erzähle dir alles über mich, meine Familie, meine Beziehung, alles. Und von dir weiß ich nicht mal, ob du verheiratet bist!“

Vom Tonfall her hatte ich es so angelegt, als ob das mit dem „verheiratet“ nur ein Beispiel wäre. Weil man so etwas ja oft als Erstes fragt. Also nichts, das mich besonders interessieren würde. Malo lächelt freundlich und sagt: „Aber ich darf dir doch nichts über meinen Planeten erzählen.“

„Muss ja nicht über den Planeten sein. Sondern einfach … über dich. Darfst du nicht mal sagen, ob du schon die Frau fürs Leben gefunden hast?“

War das jetzt schon zu penetrant? Überschlug sich meine Stimme ein wenig? Malo zögert. Dann: „Bei uns funktioniert das nicht so.“

„Was?“

„Mit der Ehe … wie ihr das nennt.“

Keine Ehe? Keine Frau? Steht er nicht auf Frauen? Gibt’s am Ende gar keine Frauen bei denen?

„Gibt es bei euch keine Frauen?“

„Doch, aber …“

Da klingelt es. Na super. Ich hasse es sowieso schon, wenn es in der Mittagspause klingelt, weil es Ben aufwecken könnte! Aber warum ausgerechnet jetzt? Ich will es erst noch ignorieren, doch Malo schaut fragend Richtung Flur und es klingelt auch gleich nochmal.

Ich kann zwar verhindern, dass Ben wach wird, aber wer steht vor der Tür? Frau Bieber. Der Duft von viel zu viel Jil Sander Sun strömt mir entgegen.

„Guten Tag. Ich habe eben Ihren reizenden Cousin reingehen sehen … Wie heißt er eigentlich?“

„Stefan Müller.“

Sie hat mich eindeutig überrumpelt, nur deswegen habe ich überhaupt geantwortet.

„Müller? Ist das Ihr Mädchenname? Oder stammt er von der Seite Ihrer Mutter?“

„Was wollen Sie, Frau Bieber?“

„Nun, vielleicht könnte der Herr Müller später, wenn er geht, mal kurz bei mir vorbeischauen.“

„Das kann er nicht!“

Das kam ziemlich empört aus mir herausgeplatzt. Was soll denn das jetzt? Frau Bieber lässt sich aber nur minimal beirren, versucht die ganze Zeit an mir vorbei in die Wohnung zu schauen. Ich schließe die Tür so weit, dass wir uns gerade noch sehen können.

„Wieso denn nicht?“, fragt sie mit spitzem Unterton.

„Er hat keine Zeit!“

„Ich will ihn gar nicht lange aufhalten. Ich habe Plätzchen gebacken. Für ihn.“

„Sie haben was?“

„Plätzchen gebacken.“

„Warum?“

„Sie sind sehr lecker. Ein altes Rezept.“

„Warum backen Sie für meinen Cousin Plätzchen, Frau Bieber? Sie kennen ihn überhaupt nicht. “

„Mit Haselnüssen.“

Sie schaut mich zunehmend verbissen an. Und ich kapiere: Die Frau ist verknallt. Vielleicht zum ersten Mal in ihrem Leben. Vielleicht auch nur zum ersten Mal seit Langem. Auf jeden Fall verfügt sie nicht über die sozialen Umgangsformen, um mit dieser Situation umzugehen. Sie legt sich nicht mal eine Geschichte zurecht oder trifft ihn „zufällig“ im Treppenhaus mit den Plätzchen in der Hand. Nein, sie gibt sich die Blöße, mich nach dem Mann zu fragen! Man muss dazu wissen: Frau Bieber gibt sich nie eine Blöße! Erstmals erahne ich, welche Ausmaße das Problem „Frau Bieber“ bekommen könnte.

„Gut, Frau Bieber. Ich sage es ihm.“

Sie strahlt.

„Ich bin den ganzen Nachmittag daheim!“

Das ist sie sowieso. Sie ist jeden Nachmittag zu Hause. Aber okay. Ich nicke noch einmal freundlich. Und schließe die Tür. Durchatmen. Ich will erst mal Zeit gewinnen.

„Kekse? Das ist aber nett von ihr“, ist Malos Reaktion, als ich ihm von Frau Biebers Wunsch berichte. Er scheint es ernst zu meinen. Bin ich die Einzige, die …

„Du willst nicht ernsthaft bei ihr vorbeigehen?“

„Ich soll nicht?“

Er schaut mich unsicher an.

„Wegen der Geheimhaltung?“

„Ja, wegen der Geheimhaltung!“, sage ich etwas zu laut.

Ich weiß nicht, ob es daran lag oder an der allgemeinen Unruhe durch die unerwünschte Besucherin, aber genau in dem Moment wacht dann auch noch Ben auf. Viel zu früh. Er weint sofort. Und da mir das alles zu viel ist, bitte ich Malo zu gehen. Das ganze Thema mit den Frauen auf seinem Planeten könnte ich jetzt eh nicht in Ruhe besprechen. Im Moment sind ja die Frauen auf meinem Planeten problematischer.

Nur: Wie kommt er jetzt an der Wohnung von Frau Bieber vorbei? Der Aufzug ist zwar nach Monaten der

Verspätung endlich fertig, aber es fehlt noch die Abnahme vom TÜV. Das beknackte Ding ist blockiert. Also bitte ich Malo, sich – so leise wie es eben nur geht – an der Tür im ersten Stock vorbeizuschleichen. Ich stehe mit Ben (der sich sofort beruhigt hat, als er Malo sieht) bei mir an der Tür und lausche ins Treppenhaus. Höre keinen Mucks von Malo. Er ist wirklich leise. Aber gegen jemanden, der nonstop am Türspion steht, kann man einfach nichts ausrichten. Ich hoffe, die Kekse schmecken Malo. (Und enthalten keine tierischen Produkte!) Von oben konnte ich nicht verfolgen, wie genau Malo dem Redeschwall von Frau Bieber schließlich entkommen konnte. Aber sicher ist: Er musste sich vorher einiges anhören. Vielleicht sollte er sich von Frau Bieber unseren Planeten erklären lassen?

Knapp

Veröffentlicht am Freitag, 19. August 2011 – 15:20

Oh-Oh.

Heute morgen – Konstantin war noch da – stehe ich an der Wickelkommode, finde einen enormen Haufen in und um Bens Windel und höre, wie es klingelt. Natürlich kann ich nicht weg. Konstantin geht an die Tür. Kurz darauf höre ich ihre Stimme. Frau Bieber. Ich weiß jetzt, was damit gemeint ist, wenn man sagt: Das Blut gefriert in den Adern.

„Guten Morgen. Ich hätte eine Bitte …“

Ich denke: Bitte nicht nach meinem „Cousin“ fragen! Nicht nach meinem „Cousin“ fragen! Nicht nach meinem „Cousin“ fragen!

„Es geht noch einmal um die Spülmaschine im Hof …“

Ich war ungelogen kurz davor, mit dem komplett verschmierten Ben in den Flur zu rennen. Jetzt atme ich erst einmal durch. Es geht nur um die beknackte Spülmaschine im Hof. Trotzdem beeile ich mich, Ben sauber zu bekommen. Dabei höre ich Frau Bieber (und kein Wort von Konstantin, der nicht einmal „Guten Morgen“ gesagt hat (zu Recht)):

„… und da sich ja offensichtlich niemand für diese Ungeheuerlichkeit verantwortlich fühlt …“

Ich kann bis in Bens Zimmer ihren vorwurfsvollen Blick spüren.

„… werde ich jetzt einen Studenten engagieren, der die Spülmaschine entsorgt. Das bezahle ich natürlich nicht allein. Jede Partei im Haus muss fünf Euro beisteuern.“

So klingt es also, wenn Frau Bieber eine „Bitte“ hat. Ich höre Konstantin etwas murmeln. Danach höre ich Geld klimpern. Er sucht also wirklich fünf Euro für sie. Fein. Hauptsache, sie lässt uns in Ruhe. Während er so kramt, sagt Frau Bieber plötzlich in einem komplett anderen, viel wärmeren Tonfall:

„Kommt der Cousin Ihrer Frau heute wieder?“

Binnen Sekunden habe ich den zwar einigermaßen sauberen, aber immer noch halbnackten Ben hochgerissen und stehe mit ihm im Flur, wo Konstantin gerade fünf Euro an Frau Bieber überreicht, während er fragt: „Was?“

„Der Cousin Ihrer Frau, … der sie besucht hat. … Ah, da ist sie ja!“

Sie schaut mich befremdet an, wie ich da mit Ben stehe. Starrt direkt auf seinen kleinen Penis. Der sie sichtlich aus dem Konzept bringt. Wenn der sie schon aus dem Konzept bringt … Egal! Konstantin schaut mich irritiert an: „Axel war hier?“

Frau Bieber korrigiert: „Stefan!“

Ich übertöne sie schnell und sage in Richtung Konstantin: „Ja, der war gestern kurz hier.“

Und zu Frau Bieber: „Super, das mit der Spülmaschine! Danke!“

Dann knall ich ihr die Tür direkt vor der Nase zu. Konstantin versteht nicht: „Wieso war denn Axel hier?“

Man muss dazu wissen, dass Axel – mein wirklicher Cousin – eine Vollkatastrophe ist, den weder ich noch Konstantin sonderlich ausstehen können. Nur so viel zu ihm: Als heute morgen die Meldung kam, dass jemand im Prenzlauer Berg wegen der brennenden Kinderwagen verhaftet worden ist, dachte ich bereits, Axel wäre es. Die Beschreibung würde passen. Die Niedertracht des Delikts auch.

„Ja, er hat mir mit dem Computer geholfen. Ich hatte da ein Problem …“

Das ist die einzige einigermaßen plausible Erklärung, warum man ihn überhaupt bei uns in die Wohnung lassen würde.

„Wollte er Geld?“, fragt Konstantin kritisch. Aus gutem Grund.

Ich schüttle den Kopf. Konstantin schaut mich an, dann wieder auf Ben, der immer noch halbnackt auf meinem Arm hockt, seinen Penis in die Länge zieht und gespannt verfolgt, was passiert: Stellt Papa noch mehr Fragen zu dem schrecklichen Cousin? Findet er das Verhalten von Mama nicht merkwürdig? Wie weit kann man so einen Penis noch ziehen? Wieso schwitzt Mama so stark? Fliegt sie gleich auf? Schließlich schaut Konstantin auf die Uhr und sagt:

„Ich muss ins Restaurant."

Er verschwindet im Schlafzimmer, um sich umzuziehen. Ich atme tief durch. Und gehe Ben anziehen.

So geht's nicht weiter!

Papua-Neuguinea II

Veröffentlicht am Sonntag, 21. August 2011 – 00:04

Was meint er mit: „Bei uns funktioniert das nicht so"? Das war ja seine Antwort, als ich ihn gefragt habe, ob er eine Frau auf seinem Planeten hat. Wie funktioniert es denn dann? Was überhaupt funktioniert „nicht so"? Was genau habe ich ihn eigentlich gefragt? Seit dem Treffen am Donnerstag schwirren mir immer wieder diese Gedanken durch den Kopf. Wenn man jetzt mal glaubt – und das tue ich ja offensichtlich – dass er aus einer komplett anderen Gesellschaft als der unsrigen kommt, dann kann es dort natürlich auch komplett anders laufen. Mit Männern und Frauen und überhaupt.

Als er mir damals erzählt hat, er ist so etwas wie ein Ethnologe und ich bin so etwas wie sein Papua-Neuguinea, habe ich alles zu dem Thema gegoogelt. In einem alten Spiegelartikel habe ich verstörende Sachen über ein Bergvolk in Papua-Neuguinea gefunden, bei denen der männliche Samen als kraftspendend gilt und daher von den Jungen getrunken wird. Ohne dass das da jemand merkwürdig findet. Überhaupt sind da Männer und Frauen ganz anders sortiert als bei uns. Ich gehe jetzt mal nicht zu sehr ins Detail. Mein Punkt ist: Gesellschaften können sehr unterschiedlich ticken.

Na ja, und jetzt habe ich hier diesen wunderbaren Kerl, den ich frühestens am Dienstag wiedersehe. Und weiß gar nichts darüber, wie er überhaupt zu Frauen steht. Eigentlich sollten mich Millionen andere Sachen beschäftigen, aber ich komme immer wieder an die gleiche Stelle zurück: Kann ich jemals mehr als nur sein Papua-Neuguinea für ihn sein?

Dreikantschlüssel

Veröffentlicht am Dienstag, 23. August 2011 – 16:51

Es hätte mich stutzig machen sollen, dass Frau Bieber Malo vorhin unbemerkt an ihrer Wohnungstür hat vorbeigehen lassen. Aber ich war einfach nur froh darüber und habe ihn blitzschnell in die Wohnung gezogen. Denn ich bin ihr in den letzten Tagen drei Mal begegnet und jedes Mal hat sie mich nach meinem „reizenden Cousin" gefragt. Als Konstantin gestern dabei war, konnte ich das Gespräch gerade noch auf die von ihr so verhasste Spülmaschine im Hof lenken, die sie ja abtransportieren lassen wollte. Gott sei Dank war ihr das für den Moment wichtiger und sie begann wieder, sich fürchterlich über die „asozialen Elemente" aufzuregen, die „so etwas Furchtbares" tun. (Alte Spülmaschinen in Höfe stellen.)

Als Malo dann also unbemerkt in meiner Wohnung angekommen war, hatte ich die liebeskranke Nachbarin schnell vergessen. Denn ich knabbere ja seit Tagen an meinen eigenen Problemen: Wie sieht das bei Malo überhaupt aus? Steht er auf Frauen? Hat er eine – dort, wo er herkommt? Oder gar mehrere? Oder wie oder was? Und wie verpackt man diese Fragen geschickt, wenn er doch eigentlich zu Besuch ist, um sich unsere Welt erklären zu lassen? Und auf jede Frage über seinen Planeten sagt, dass er dazu nichts sagen darf? Kurzum: Es gelang mir nicht, Malo irgendwas zu fragen! Viel zu schnell kam Bens klassische Aufwachzeit.

Ich gehe also enttäuscht mit Malo zur Tür. Mir fällt Frau Bieber wieder ein. Ich hatte vorgesorgt! Wie bereits erwähnt, funktioniert unser neuer Außenaufzug zwar, aber er ist noch nicht vom TÜV abgenommen. Doch ich weiß dank aufmerksamer Beobachtung der Handwerker, wie man trotzdem reinkommt: Mit einem Dreikantschlüssel. (Das ist das erste Mal in meinem Leben, dass ich dieses Wort benutze.) Solch einen Dreikantschlüssel hatte ich in unserer Werkzeugkiste gefunden. Nun führe ich Malo zum Aufzug, erkläre ihm, dass er nur so unbemerkt an der Wohnung von Frau Bieber vorbeikommt und rufe den Aufzug. Dabei entspinnt sich folgender Dialog:

Malo: „Wieso ist diese Frau eigentlich so aufdringlich?“

Ich (selbstverständlich): „Na, die steht auf dich.“

„Steht auf mich?“

Er hat so eine Art, Fragen zu formulieren, dass man sofort weiß, er kennt die Begriffe nicht.

Ich: „Ja, die ist in dich verknallt! Das ist doch offensichtlich!“

Er hat auch einen Blick, bei dem man sofort weiß: Er hat keinen Schimmer, wovon man redet.

Ich: „Sie findet dich toll. Sie begehrt dich. Sie ist verliebt. Du weißt schon, was ‚verliebt sein‘ heißt, oder?“

Damit sind wir plötzlich doch wieder beim Thema. Meine Aufregung kehrt zurück. Der Aufzug kommt an. Während ich meinen Dreikantschlüsseltrick mache und die Tür öffne, nickt er und sagt: „Natürlich weiß ich, was ‚verliebt sein' ist …"

Aha! Immerhin!

„Aber … die Frau kennt mich doch gar nicht. Wie kann sie in mich verliebt sein?"

Ich steige in den Aufzug. Er folgt. Ich drücke auf „H" wie Hof und sage:

„Na ja … also … weil du gut aussiehst und … gut riechst und … nett bist und …"

Ich stocke, denn er wirkt plötzlich sehr nachdenklich. Fast etwas verärgert. Hat er jetzt erst realisiert, dass so etwas möglich ist? Oder hat er gar jetzt erst kapiert, dass ich auch auf ihn stehe? Und das ärgert ihn? Ich werde plötzlich nervös, während der Aufzug langsam nach unten fährt. Malo sagt kein Wort, schaut mich so merkwürdig grübelnd an. Ich schaue vor Verlegenheit aus der Glastür des Aufzugs in den Hof. Und sehe: Frau Bieber! Damit beschäftigt, zwei Studenten herumzuscheuchen, damit diese die beknackte Spülmaschine aus dem Hof schleppen. Nein!

Malo (verstört): „Also nur wegen meines Geruchs liebt sie mich?"

Er hat sie noch nicht gesehen. Frau Bieber dafür den nahenden Aufzug, dem sie kritisch entgegenschaut. Ich höre mich sagen: „Also … ‚lieben' ist jetzt echt … ein bisschen übertrieben. Sie … steht halt auf dich!"

„Sie begehrt mich sexuell?"

Jetzt hat er so eine Art zu fragen, dass ich nicht mehr weiß, ob wir noch über Frau Bieber reden, oder vielleicht schon längst über mich. Ich werde noch panischer, während der Aufzug unten zum Halt kommt, direkt vor Frau Bieber.

„Na ja, also … was weiß ich!“, platzt es aus mir heraus. „Sie steht übrigens da!“

Ich deute zur Glastür, die ich nun mit dem Dreikantschlüssel öffnen muss. So kritisch Frau Bieber mich und den Dreikantschlüssel auch anschaut, als sie Malo entdeckt, wird ihr verbiestertes Gesicht zum Sonnenschein! Die Tür geht auf. Ich bin vergessen. Die verbotene Aufzugfahrt auch. Sogar die Studenten mit der Spülmaschine. Sie strahlt Malo an.

„Herr Müller! Wie reizend, Sie wiederzusehen! Darf ich Sie auf eine Tasse Tee einladen? Ich habe auch noch köstlichen Kuchen da. Mit einer Apfelmus-Zimt-Füllung!“

An dem Punkt wird mir klar: Entweder muss Frau Bieber ein fürchterliches Unglück zustoßen oder ich muss Konstantin die ganze Wahrheit über meinen Außerirdischen und mich erzählen. Anders komme ich aus der Nummer nicht mehr raus. Denn sie wird nie lockerlassen! Während ich die Optionen abwäge, höre ich Malo mit zorniger Stimme zu Frau Bieber sagen: „Ich interessiere mich nicht für Sie! Weder sexuell noch romantisch! Bitte lassen Sie mich in Ruhe!“

Sagt es, nickt mir zum Abschied noch einmal zu und geht davon. Ich schaue Frau Bieber an. Die steht da mit heruntergeklappter Kinnlade. Die beiden Studenten mit der Spülmaschine können sich ihr Kichern kaum verkneifen. Nach gefühlten zehn Minuten dreht sie sich zu mir.

„Der Aufzug ist noch nicht vom TÜV abgenommen! Wollen Sie uns alle umbringen?“, faucht sie mich mit pulsierenden Schläfen an.

Ich bin mir sicher, sie wird nie wieder das Thema „reizender Cousin“ anschneiden. Allerdings: So überrascht wie Malo von der Möglichkeit war, dass eine Frau sich in ihn verlieben könnte. Und so zornig wie er Frau Bieber seine Ablehnung entgegengeschleudert hat … Ich werde das Gefühl nicht los, dass auch ich gemeint war.

„Ich interessiere mich nicht für Sie: Weder sexuell noch romantisch! Bitte lassen Sie mich in Ruhe!“

Der mit den vielen Fehlenr

Veröffentlicht am Mittwoch, 24. August 2011 – 14:01

Oh, Mann. Ich bin abgehauen. Fieser Streit mit Knstantin. Nun sitze ich mt Ben auf dem Schoß in den Potsdamer Platz Arkaden an einem diese Internet-Terminals, neben mir schauen sich zwei prollige Teenager online Frauen mit großen Brüsten an und Ben haut immer wieder auf die tastatur. Tippfehler butte ich zu verzeiehn. Ben!

Alles hat damit angefangen, dass der Kostenbescheid f+r die Kita gekommen ist. Ben soll ab Oktober in die Kita. Da er dann gerade mal zwei ist, müssen wir uns im ersten Jahr an den Kosten beteiligen. Und rrrrrrr da der Stadt ziemlich wurscht ist, wie hoffnungslos wir verschuldet sind, ist der Beitrag recht hoch. Okay! Ist ein Problem, gerade jetzt! Klar. Aber Konstanti hat heut morgen ein Riesen_Ding draur gemacht, was darin gipfelte, dass er vorschlug, Ben doch erst nächstes Jahr in die Kita zugeben. Mit der Begrüündung: „Du bist ja eh zu Hause!"

Man muss dazu wissen: Der einzige Lichtblick in den lezten Monaten voller Kind versorgen, Wäsche waschen, Essen kochen und Spielpläte besuchen, war der 17. Oktober! Denn am 17. Oktober beginnt Bens Eingewöhnungszeit. Und ich endlich wieder etwas mehr Luft für mich. Klar, wenig spät

er kommt eh schon das nächste Kind, aber umso wichtiger, dass ich Ruhe habe! Dazu meinte Konsantin:

„Wieso? Morgens kümmer ich mich doch um Ben!"

Da bin ich das erste Mal explodiert. Klar, da er erst mitags ins Restaurant muss, zieht er morgens Ben an, macht das Frühstück und spielt auch manchmal mit ihm, so dass ich – wenn ich Glück habe – etwas länger schlafen kann. Außer an den Tagen, an denen Kontantin „dringend" was zu erledigen hat, früher zur Arbeit muss, Ben zu anstrengend ist, es sehr spät gewornde ist oder was weißich. Und spätestens ab elf Uhr habe ich Ben – den ganzen Tag!

Nicht falsch verstehen: Ich liebe Ben! Aber zwei Jahre Sandkästen und Legosteine verblöden einen. Mal ganz abgesehen davon, dass ich ihn eigentlich nicht mehr tragen soll und ich auch mal so etwas wie ein soziales Leben hatte. Das platzte also alles so aus mir raus vorhin, Konstantin wurde immer schmallippiger, fixierte mich mit diesem Blick. Und ich wusste haargenau, was als Nächstes kommt: „Du wolltest doch die große Wohnung!"

Ja. Super. Totschlagargument. Nur weil ich damals ein Zimmer mehr wollte (das nebenbei irgendwann auch mal für unsere Kinder gedacht ist) und damals seine finanziellen Bedenken zur Seite gewischt habe, wird jetzt alles auf meinem Rücken ausgetragen. Alles! Also habe ich was Böses geschrien, Ben geschnappt und bin Tür knallend aus der Wohnung. Hah!

Vorhin habe ich dann festgstellt, dass ich keinen Schlüssel dabei habe. Super. Die Nachbarn, bei denen ein Ersatzschlüssel lietg, sind im Urlaub. Und ich werde eher mit Ben im Park übernachten (ist ja Sommer – haha), als dass ich zu Konstatnin ins Restaurant gehe und zu Kreuze krieche. Ich war eben kurz davor, aus Frust Sushi zu essen (nichts vermisse ich so wie Sushu!), aber wieso soll die Kleine dafür zahlen, wenn ihr Vater so bescheuert ist? Zu Mittag gab es deswegen heute Eis, und zwar die größte „Pa-tion", wie Ben sagen würde. Jetzt sitze ich hier mit dem vollekleckerten Kind. Komplett bedient. Die Jungs neben mir haben mittlerweile irgendeine Pornoseite gefunden (wieso ist denn das hier nicht gesperrt?). Und eigentlich genau jetzt dürfte Malo bei mir vor der Tpr stehen und feststellen, dass ich nich tda bin. Wobei ich mi rnach der Nummer gestern nicht sicher bin, dass er überhaupt noch kommt.

Ich kann nicht nochmal alles lesen. Ben flippt rum. Ich schick das jetzt ab.

Gruselig

Veröffentlicht am Donnerstag, 25. August 2011 – 15:21

Ich bin gestern sage und schreibe bis sieben Uhr mit Ben rumgeirrt. Von elf bis sieben! Das Kind hat die größte Pa-tion Eis, zwei Dinkelzwieback, einen Biofrüchteriegel und zum ersten Mal in seinem Leben ein Stück Schokolade gegessen (der Mutter geklaut).

Sonst nichts. Es hat nicht geschlafen, war entsprechend weinerlich und wurde viel zu viel von seiner schwangeren Mutter rumgeschleppt. Die hat sich trotz ehelicher Finanzkrise neue High Heels gekauft, die sie bald wegen kolossalen Übergewichts (Eis+Schokolade) eh nicht mehr tragen kann. Und wäre beinahe verhaftet worden, weil Ben bei Louis Vuitton im KaDeWe einen Schlüsselanhänger mitgenommen hat (Piep-Piep-Piep). Nein, ich wollte ihn wirklich nicht klauen! Kurz gesagt: Ich war echt durch!

Da steht er vor mir. Am Fahrkartenautomat in der Halle vom U-Bahnhof Wittenbergplatz. Weil ich natürlich auch keinen Autoschlüssel dabeihatte, war ich mit der wenig geliebten BVG unterwegs. Und da Ben mittlerweile durchgehend jammerte, wollte ich nun doch zu Konstantin ins Restaurant fahren. Als ich das Geld für die Fahrkarte einwerfen will, höre ich: „Ich kann dich fahren."

Malo! Aus dem Nichts aufgetaucht. Das hat er früher auch schon gemacht, aber dann auf einem Spielplatz im Kiez oder in einem unserer klassischen Einkaufsläden. Wie er mich am Wittenbergplatz gefunden hat, ist mir ein Rätsel. Er war unfassbar nett. Charmant. Wie bei unseren ersten Begegnungen. Wenn ihn die Geschichte mit Frau Bieber irgendwie verärgert hat, dann hat er es gut überspielt. Also erzähle ich ihm von dem fehlenden Schlüssel, meinem Streit mit Konstantin usw.

Er: „Kein Problem!"

Ich wusste nicht, dass er ein Auto hat. Ein funkelnagelneuer Jeep. Richtig schick, mit hochmodernem Equipment. Bevor ich fragen kann, ob er den von seinem Planeten mitgebracht hat, sagt er nur: „Leihwagen". Okay. Aber wieso hat er einen Kindersitz auf dem Rücksitz? Passend für Ben?

„Für alle Fälle.“

Scheint heute solch ein Fall zu sein. Ben ist sowieso mal wieder absolut zahm in dem Moment, in dem Malo auftaucht. Und er pennt auch sofort ein, als wir uns mit dem Luxusjeep in Bewegung setzen. Malo redet nicht viel. Ich will eigentlich auch nicht. Und finde heraus: Mit diesem Mann kann man schweigen.

Bei uns angekommen, findet er sofort einen Parkplatz vor dem Haus. Eigentlich unmöglich. Wie macht er so etwas? In solchen Moment denke ich manchmal, mein Leben ist so etwas wie die Truman Show und es gibt haufenweise Leute, die alles so arrangieren, dass Malo perfekt rüberkommt. Die stehen irgendwo um eine Häuserecke versteckt und machen im richtigen Moment den Parkplatz frei. Keine Ahnung. Aber es kommt noch mehr: Er trägt den schlafenden Ben nach oben (der wacht bei uns immer auf, sobald wir ihn aus dem Auto heben). Wir kommen ohne Zwischenfall vorbei an der Wohnung von Frau Bieber. Vor meiner Wohnungstür zögert Malo keinen Moment, holt irgendwas aus seiner Tasche, fummelt (mit Ben auf dem Arm) im Schloss rum und schon ist die Wohnungstür offen.

Er: „Ein besonderes Werkzeug … von dort, wo ich herkomme!“

Ich nicke. Und sage nichts. Denn ich habe das „Werkzeug“ kurz gesehen. Es sah schlicht und einfach aus wie … ein Schlüssel! Da fand ich’s dann wirklich ein wenig gruselig!

Mist. Jetzt wird Ben schon wach. War auch heute Morgen bereits um halb sieben putzmunter. (Und ratet mal, wer sich um ihn gekümmert hat?) Der Kleine ist immer noch durcheinander. Na ja, ich muss jetzt … Später mehr!

I gotta feeling

Veröffentlicht am Freitag, 26. August 2011 – 20:57

Eigentlich wollte ich heute schreiben und weiter von Malos Auftritt am Mittwoch berichten. Und auch darüber, wie es mit Konstantin weitergegangen ist (nicht gut!). Aber ich komme gerade zu gar nichts. Musste heute am Nachmittag mit Ben zum Kinderarzt, weil er eine Pilzinfektion an der Leiste hat. Einkaufen war auch angesagt. Und dann habe ich erfahren, dass meine geliebte Hebamme, die ich bei Ben hatte, den Februar jetzt schon voll hat (!), also brauche ich eine andere Hebamme – und die fallen ja auch nicht vom Himmel. Habe noch heiße Ohren vom Telefonieren.

So, und jetzt sitze ich hier und tue etwas für unsere Finanzsituation. Sortiere alte Bücher und so aus, um sie zu verkaufen. Anstrengend. Und wahrscheinlich findet Konstantin es mal wieder albern, aber irgendwo muss man ja anfangen. Dafür habe ich mir etwas Apfelschorle in ein Weinglas gekippt, das Fenster zum unfertigen Balkon weit geöffnet (Sommer!) und die Musik laut aufgedreht – eins meiner Lieblingslieder: „I gotta feeling“ von den Black Eyed Peas. Da kommt fast so etwas wie Lebensfreude auf …

Omelette

Veröffentlicht am Samstag, 27. August 2011 – 15:33

Wer von Euch hat Kinder? Ist es normal, dass die an einem Tag ein Essen über alles lieben und das nächste Mal so tun, als ob man ihnen Zyankali verabreichen will? Ben ist komplett unberechenbar! Gerade denke ich: ‚Wow, er mag Möhren‘, haut er sie mir das nächste Mal um die Ohren. Mal ist Hackfleisch super, mal rennt er davon, wenn er es nur sieht. Und jetzt dasselbe mit Omelette. Eben mache ich ihm das perfekte Omelette, genauso wie er es am Mittwoch verschlungen hat, als Malo es gebacken hat. Und was macht das Kind? „Nein“ und ab zum Lego. Will nicht mal probieren. Jetzt liegt er ohne Essen im Bett. Ich hatte wirklich keinen Bock mehr. Was ist denn das immer? Jetzt kommt mir nicht mit: „Ja, weil Malo das Omelette gemacht hat, war es was Besonderes!“ An dem Mann kann doch nicht alles perfekt sein!

Am Mittwoch: Malo hat mich am Wittenbergplatz gerettet. Dann auf wundersame Weise die Tür aufbekommen. Alles mit einem schlafenden Ben auf dem Arm. Der sich sogar friedlich auf das Sofa legen ließ. Malo beim Kochen zuzuschauen, war eine merkwürdige Erfahrung. Erstens: Es ist Konstantins Küche. Er liebt diese Küche über alles. An der Theke zu sitzen (früher mit einem Weißwein) und ihm beim Kochen zuzuschauen – das waren „wir“. Zweitens: Malo ist so eigenartig beim Kochen. So … Er hat das sicher noch nicht gemacht. Aber! Er liebt es. Zumindest mit Eiern. Das war ganz deutlich. Wie ein kleiner Junge hat er sich beim Aufschlagen gefreut. Dann: Als ob er einen alten, kostbaren Whiskey in der Schüssel schwenken würde – dabei sind es drei Eier. Und plötzlich beginnt er zu erzählen.

„Hühner sind bei uns … fast ausgestorben."

Ich schau ihn irritiert an. Bei uns? Redet er etwa von seinem Planeten? Über den er nichts, aber auch gar nichts ganz sicher niemals nicht erzählen darf?

„Früher … vor sehr langer Zeit … hat man bei uns auch noch Tiere gegessen …"

Kurz hat er wieder diesen angewiderten Unterton.

„Damals wurden die Hühner … na ja, nicht gut behandelt. Es gab eine Seuche. Sie wurden alle getötet. Danach hat man umgedacht. Heute gibt es nur noch einige wild lebende Hühner."

„Deswegen sind Eier so etwas Besonderes?", frage ich.

Malo nickt. Lächelt mich an. Schlägt nun die Eier mit dem Schneebesen. Nein, er schlägt sie nicht. Er streichelt sie. Er hat so eine Art, mit Lebensmitteln umzugehen … Ich bin jedes Mal verzaubert.

„Ihr denkt, dass wir ziemliche Idioten sind, hier auf unserer Erde, oder?", frage ich ihn.

„Was?"

Er schaut mich überrascht an.

„Wir essen Tiere, sind technisch rückständig, meine Güte, guck, was wir uns draußen in der Welt gerade wieder gegenseitig antun."

Malo widerspricht nicht. Sagt nichts, gibt zärtlich Milch und Mehl zu den Eiern.

„Außerdem sind wir irrational. Sagen Sachen, die wir nicht meinen. Sperren uns selbst wütend aus Wohnungen aus …"

Ich grinse. Er grinst.

„Das mag ich an euch. Das … Impulsive", sagt er.

Er hat zwar „euch“ gesagt, aber … Sein Blick ging mir durch den ganzen Körper.

Als er die Eier liebevoll zu den Zwiebeln und Tomaten gießt, wacht Ben auf. Bestens gelaunt. Er freut sich, Malo zu sehen. Er freut sich, dass es Omelette gibt. Er ist ganz friedlich. Ich auch. Obwohl ich eben noch wütend, überfordert, verwirrt und besorgt war wegen Malos Allmacht. Aber in dem Moment war das alles weg!

Als ich Malo nach einem der schönsten Abendessen, das ich je hatte, an der Tür verabschiede, sage ich zu ihm: „Vielleicht ist es besser, wenn wir uns eine Weile nicht sehen.“

Er war überrascht. Ja. Aber nicht so sehr wie bei anderen „impulsiven“ Aktionen von mir. Vielleicht hat er es sogar verstanden.

Acrobat

Veröffentlicht am Montag, 29. August 2011 – 15:49

74,50 Euro. Meine Auktion steht bei 74,50. Und es sind noch zwölf Minuten. Hätte ich nicht gedacht. Es geht um hundert alte CDs, die bei rebuy.de nur Cent-Beträge eingebracht hätten oder gar nix.

Ich bin hier seit Freitag im Verkaufswahn. Irgendwie muss Geld reinkommen. Ich habe alle alten Sachen, die etwas gebracht haben (Bücher, CDs, DVDs), bei rebuy verscherbelt. Und den Rest nun halt bei eBay. 320 Euro sind schon zusammengekommen. Konstantin hat nur müde gelächelt. Und sich dann fürchterlich aufgeregt.

Wegen seiner U2-CD. Nicht etwa, weil er die jemals wieder hören würde (ich habe ja auch alle Songs in iTunes gezogen), sondern weil „Erinnerungen" daran hängen. Mehr hat er nicht gesagt, aber natürlich war sofort klar, dass Cornelia sie ihm damals geschenkt hat.

78,50!

Er hat ernsthaft verlangt, dass ich die Auktion stoppe. Oder „zumindest" die CD rausnehme aus dem Paket. Hallo? Die CD ist sogar mit auf dem Foto. Außerdem werde ich mir ganz sicher nicht eine negative Bewertung einfangen, weil er zu „Acrobat" wahnsinnig tollen Sex mit Cornelia hatte. Boah, was haben wir uns wegen dieser Frau gestritten. Am Anfang unserer Beziehung. Es war so offensichtlich, dass sie immer noch was von ihm wollte. Aber er immer: „Nee, nee, wir sind nur gute Freunde."

Hat sie stur zu Partys eingeladen oder ist mit ihr Essen gegangen (!). Und das Tollste: Sie hat ihn jedes Mal mit einem Kuss auf den Mund begrüßt. Vor mir!

„Das macht die halt so, ist doch harmlos."

Ich habe gekotzt. Mindestens zwei unserer Beinahetrennungen gingen auf ihr Konto. Erst als sie nach München gezogen ist, wurde es etwas entspannter.

81,50! – Noch vier Minuten!

Na ja, und jetzt, wo die Stimmung hier sowieso denkbar mies ist, passt es natürlich, dass Cornelia wieder auftaucht. Wenn auch nur in Form einer 80er-Jahre-U2-CD. Ich ignorier's einfach. Genauso wie er das Thema Kindergarten ignoriert, mit dem ja alles angefangen hat. Die CD sieht er nicht wieder. Kann er noch so toben. Er hat sich jetzt auch beruhigt, sitzt nebenan, liest „endlich mal wieder in Ruhe" die Zeitung und denkt, ich warte hier auf eBay. Was ich ja neben dem Schreiben auch tue.

88,50! Wow! Da geht noch was!

Malo hat sich nicht mehr gemeldet. Ich auch nicht bei ihm. Obwohl ich seit dem Omeletteabend sogar eine Handynummer habe. „Für alle Fälle." Genau wie der Kindersitz. Hoffe, dass die Verbindung damit nicht über seinen Planeten läuft. Das würde uns endgültig in den Ruin treiben.

So, jetzt wird es ernst. Noch eine Minute. Ich muss mich jetzt mal konzentrieren. …

Drei … zwei … eins … jemand anders seins! WOW! 99,77! Bei rebuy hätte ich damit keine fünf Euro zusammen bekommen. Super! Puh! … Oh, nein. Wisst Ihr, wer das Paket ersteigert hat? Konstantin. Dieser Idiot! Waaaah!

Oh mein Gott

Veröffentlicht am Dienstag, 30. August 2011 – 22:46

Die Stimmung war gestern ziemlich mies nach Konstantins absolut bescheuerter eBay-Aktion. Wir haben schweigend zu Abend gegessen. Nur Ben hat munter vor sich hingebrabbelt. Es klingelt. Konstantin geht öffnen. Wer steht draußen: Mein Cousin Axel. Mein echter Cousin Axel.

Die Problemanordnung: Vanessa trifft sich heimlich mit Malo (=Außerirdischer). Malo hat Frau Bieber erzählt, dass er mein Cousin ist. Frau Bieber hat Konstantin erzählt, dass „mein Cousin" da gewesen ist. Konstantin denkt, dass mein echter Cousin Axel mich besucht hat. Und ich habe das so bestätigt. Wer nichts davon weiß: Axel!

Ich höre aus dem Flur:

Konstantin: „Axel! Hallo!"

Axel: „Hey, Mann, alles klar?"

Konstantin: „Hab mir schon gedacht, dass du bald wieder auftauchst."

Axel: „Wieder?"

Keine fünf Sätze haben sie also gebraucht, um an den Rand der Lüge zu tippen. Mit keinen fünf Schritten bin ich bei ihnen. Da steht er. Axel. Mit der immer noch selben Fleece-Jacke, die ihm meine Tante zum achtzehnten Geburtstag geschenkt hat (mittlerweile ist er fünfundzwanzig). Ich versuche, nicht allzu hysterisch rüberzukommen:

„Axel, hallo, wie schön! …"

Man muss dazu wissen, dass sowohl Konstantin als auch ich eine tiefe Abneigung gegen Axel empfinden. Mitten in meinem freundlichen Satz hört man Ben weinen.

„Konstantin, kannst du mal kurz nach Ben gucken?"

Es war kein Zufall, dass Ben geweint hat. Ich weigere mich aber, Details preiszugeben, nur so viel: Ich habe ihm keine Schmerzen zugefügt! Ich mache so etwas sonst nie! Auf jeden Fall habe ich nun Axel wenige Sekunden für mich allein. Ich zische ihn an: „Hör mir genau zu: Du warst vorletzte Woche hier! Du hast mir mit dem Computer geholfen! Ich hab dich angerufen, du bist abends gekommen, hast irgendwas repariert und bist wieder gegangen. Okay?"

Ich schaue ihn eindringlich an. Man kann in seinem Gesicht sehen, wie angestrengt er nachdenkt. Ratterratter. Um dann zu sagen:

„Ich war hier? Bist du sicher?"

„Nein, Axel, du warst nicht wirklich hier! Du sollst das nur sagen, falls Konstantin fragt!“

„Warum?“

Er kapiert gar nichts. Das ist offensichtlich. In meiner Not sage ich dummerweise die Wahrheit: „Weil jemand anders hier war. Und Konstantin denken soll, du warst es. Okay?“

Ratter-ratter. Zu weiteren Erklärungen kommt es nicht, weil Konstantin nun mit Ben auf dem Arm zurückkommt. Ich lächle ihn (viel zu) freundlich an.

„Und? Hat der Kleine sich beruhigt?“

Konstantin nickt und sagt, was Bens Problem war. Das will ich hier aber nicht wiedergeben. Axel steht immer noch überfordert im Flur. Konstantin fragt mich: „Hast du ihn wieder gerufen?“

„Äh. … Nee. Axel ist hier, um … Warum bist du hier, Axel?“, frage ich nun Axel.

Der kommt langsam zu sich.

„Ja, mh … Ich war vorletzte Woche hier …“

„Danach hat niemand gefragt, Axel“, gehe ich sofort dazwischen. Sicherheitshalber. Ich rede wie mit einem Fünfjährigen.

„Warum bist du heute hier?“

„Mh, ja, also … Voll doof: Mein Auto wurde abgefackelt …“

Konstantin sofort: „Du willst Geld!“

Es ist keine Frage, sondern eine Feststellung. Wenn man Axel kennt, ist einem sofort klar: Die Geschichte von dem brennenden Auto hat er aus dem Internet. Er hat wahrscheinlich nicht mal ein Auto.

„Was? Nee!“, ruft er empört. „Lass mich doch erstmal erzählen!“

Doch Konstantin ist eh schon geladen: „Du schuldest uns noch achthundert Euro! Zahl die zurück, dann hör ich dir auch wieder zu! Wir sind gerade beim Essen. Bitte geh jetzt!"

Axel wirkt vor den Kopf gestoßen, schaut mich überfordert an. Ich bin mir nicht sicher, was ich tun soll. Natürlich hat Konstantin recht, aber …

„Tschüss!", raunzt Konstantin.

Und schon ist die Tür zu. Ich fühle mich äußerst unwohl. Konstantin geht mit Ben auf dem Arm zurück in die Küche, schießt dabei in meine Richtung: „Aber du musstest ihn ja unbedingt deinen Computer reparieren lassen!"

Ich antworte nicht. Schaue durch den Türspion. Axel steht noch draußen. Ratter-ratter. Ein scheinbar endloser Moment. Doch dann dreht er ab und geht. Ich atme durch. Für den Augenblick. Aber ich bin mir sicher: Den sehe ich bald wieder.

Wie würden Sie entscheiden?

Veröffentlicht am Mittwoch, 31. August 2011 – 22:47

Es war nicht anders zu erwarten. Axel hat zwei Tage gebraucht, um das Potential der Situation zu erfassen. Nicht gerade schnell, aber heute kam dann die SMS, dass er mich treffen will. Alleine. Am Hauptbahnhof. Am Hauptbahnhof? Ich habe zwei Mal per SMS nachgehakt, aber er war vom Hauptbahnhof nicht abzubringen. „Ist sicherer", hat er sogar geschrieben. Ich weiß nicht, ob er zu viele Agententhriller gesehen hat, aber offensichtlich hielt er „Sicherheit" angebracht für sein Vorhaben.

„Warum war ich vor zwei Wochen bei dir?“, fragt er mich, als wir uns bei Burger King treffen. Ben sitzt im Buggy und ist wahnsinnig interessiert an den Pommes, die Axel unaufhörlich in sich reinschaufelt.

„Weil du meinen Computer repariert hast“, sage ich angestrengt. „Hallo übrigens!“

„Nee, nicht die Lüge! Warum muss Konstantin glauben, dass ich da war? Wer war in echt da? Affäre?“

Das war klar.

„Axel, was willst du?“, frage ich ihn mit dem ernstesten Blick, der mir zur Verfügung steht. Tatsächlich wird er etwas unsicher.

„Nee, ich wollte nur mal wissen: Was sollte das?“

„Du bestellst mich an diesen völlig schwachsinnigen Treffpunkt, nur um zu erfahren, was das sollte?“

„Klar! Ich mache mir Sorgen!“

Ben versucht mittlerweile an eine der Pommes heranzukommen, mit denen Axel vor uns herumwedelt, während er spricht. Gott sei Dank ist der Kleine angeschnallt.

„Axel, was willst du?“

„Nee, echt!“

„Axel!“

Es ist wie immer: Binnen Sekunden bin ich in seiner Gegenwart hyperangestrengt. Das war schon so, als er als Siebenjähriger mit uns großen Mädchen „spielen“ sollte (als meine Mutter noch mit meiner Tante geredet hat).

„Du willst Geld!“, stellte ich klipp und klar fest.

Er zögert noch einen Moment. Nickt dann.

„Ich zahl’s dir auch zurück.“

„Wieviel?“

„Tausend Euro!“

Puh. Ich hatte gehofft, es sind maximal hundert oder irgendwas, das man wirklich für ein geliebtes Familienmitglied tun kann. Aber tausend Euro?

„Warum sollte ich dir tausend Euro geben?“

„Weil du voll nett bist …“, sagt er vorsichtig.

„Axel!“

„Na ja, weil … Ich helfe dir, du hilfst mir!“

„Ich habe keine tausend Euro!“

„Klar hast du tausend Euro! Ihr habt ’ne fette Wohnung gekauft!“

„Eben deswegen habe ich keine tausend Euro!“, sage ich ziemlich gereizt. „Punkt! Aus!“

Ich stehe ruckartig auf und deute an, dass ich gehen will. Nicht mitbekommen hatte ich, dass Ben endlich an eine Pommes auf dem Tisch gekommen ist, die ihm nun durch mein hektisches Manöver auf den Boden fällt. Ben beginnt zu weinen. Axel wirkt betroffen, will Ben reflexartig die Pommes vom Boden geben. Ich hau sie Axel ebenso reflexartig aus der Hand und zische ihn mit letalem Blick an: „Lass uns in Ruhe!“

Wow! Wusste gar nicht, dass das in mir steckt. Ich muss wie Lara Croft geklungen haben. Er ist sichtlich beeindruckt. Ich will gehen. Denke schon, dem habe ich’s gezeigt. Da höre ich:

„Ich hab am Samstag mit Kumpels ’n Tisch bei Konstantin reserviert!“

Ich zögere. Gehe zurück zu ihm. Gerade noch vorlaut, wirkt er plötzlich wieder ziemlich ängstlich.

„Du willst mich erpressen? Deine eigene Cousine?“

„Nein, Mann! Ich … Ich zahl dir das Geld zurück!“

„Erstens: Du wirst es nie zurückzahlen! Zweitens: Es ist so oder so eine Erpressung! Aber ich sag dir eins: Ich lass mich nicht erpressen. Sag Konstantin, was du willst! Das juckt mich nicht!“

„Ach ja? Und wieso kommst du dann zu diesem ‚völlig schwachsinnigen Treffpunkt'? Mh?"

Ich fixiere ihn. Lara Croft. Ich weiß, dass er früher unendlich auf die gestanden hat. Aber: Er hält dem Blick stand. Entweder braucht er das Geld wirklich dringend oder er ist selbstbewusster geworden. So oder so: Mein Stresslevel steigt. Ben heult immer lauter, sagt mit dieser verzweifelten Kieksstimme immer wieder „Pommes haben" und deutet auf Axels Hand. Mir reicht es. Ich ziehe den aufheulenden Ben wortlos davon, gar nicht mehr so siegessicher und höre im Weggehen noch: „Samstag bin ich im Restaurant!"

Tja, so sieht es nun aus. Axel ist ein Feigling, aber viel hat er nicht zu verlieren, wenn er Konstantin steckt, dass ich ihn angelogen habe. Natürlich könnte ich das Ganze abfedern, indem ich selbst vorher mit Konstantin rede. Aber was soll ich ihm sagen? Die Wahrheit? Ein Außerirdischer besucht mich, um sich von mir die Welt erklären zu lassen. Das soll er glauben? Ist das überhaupt die ganze Wahrheit?

Der Anruf

Veröffentlicht am Samstag, 3. September 2011 – 12:14

Ich habe Malo angerufen. Komisches Gefühl. Unweigerlich schoss mir „nach Hause telefonieren" durch den Kopf. Es klingelt einmal, er geht dran. Er meldet sich mit „Hallo Vanessa!".

Hat er die ganze Zeit auf meinen Anruf gewartet? Oder kann er vielleicht mit einem Augenzwinkern Telefonate annehmen? Und: Ich habe ihm meine Nummer nicht gegeben – hat er das Handy nur für mich? Was macht er überhaupt die ganze Zeit, wenn wir uns nicht treffen? Komischerweise waren das meine Gedanken, während ich ihm erkläre, dass mein dämlicher Cousin versucht, mich um tausend Euro zu erpressen. Und dass ich nicht weiterweiß. Ich muss ziemlich durcheinander geklungen haben.

„Du klingst nicht gut, Vanessa“, sagt er in dieser einfühlenden Art, die einen sofort entspannt. Die mich sofort entspannt.

„Können wir uns treffen?“, fragt er.

Eigentlich wollte ich ja erst Mittag machen und Ben hinlegen, aber ich halte das jetzt nicht mehr aus. Habe ich vielleicht schon zu lange getrödelt? Schließlich will Axel heute Abend zu Konstantin ins Restaurant. Ach ja, er hat heute Morgen eine SMS geschickt. Axel, nicht Konstantin. Er „freut“ sich auf heute Abend. Deswegen warte ich nun auf Malo, der auf dem Weg zu mir ist. Er klang so, als ob er weiß, wie das Problem zu lösen ist. … Oh. Schon? Es hat geklingelt …

Geld

Veröffentlicht am Sonntag, 4. September 2011 – 16:49

Entweder gibt es dort, wo Malo herkommt, keine Erpressungen oder ich bin naiv. Folgendes ist gestern passiert, nachdem ich Malo angerufen habe:

Er kommt zu mir. Beruhigt erst einmal Ben, den meine Nervosität ganz aufgewühlt hat. Beruhigt dann mich.

Er lässt mich noch einmal die ganze Problematik mit meinem Cousin Axel erklären, wobei ich damit schließe, dass Axels Erpressung einen entscheidenden Fehler beinhaltet: Nämlich dass Axel davon ausgeht, dass ich mit dem „anderen Mann“ eine Affäre habe. Aber da dies ja nicht der Fall ist, bin ich in den letzten Tagen mehr und mehr zu der Überzeugung gekommen, dass wir einfach selbst Konstantin die Wahrheit sagen sollten. Keine Ahnung, ob er diesen ganzen Kram mit dem Mann vom anderen Planeten, der die Welt erklärt haben möchte, glaubt, aber was können wir verlieren?

Offenbar viel, deutet Malos Reaktion an. Denn kaum habe ich ihm das erläutert, legt er tausend Euro auf den Tisch. In Fünfzigeuroscheinen. Frisch aus dem Automaten. (Ich bekomme da nie so viel …)

„Du willst ihn bezahlen?“, frage ich ungläubig.

Malo nickt.

„Aber … warum?“

„Damit er nichts sagt.“

„Ja, aber … wäre das wirklich so schlimm?“

„Wir sollten kein Risiko eingehen.“

Mh. Was wäre denn genau das Risiko? Denke ich nur, aber ich frage: „Und Axel bezahlen ist … kein Risiko?“

„Wieso?“

„Na ja, also … wenn man Filmen glauben darf, dann … Erpressern nachgeben … Das endet meist mit Mord und Totschlag. Mindestens aber wollen sie nach einer Woche mehr Geld. Was dann?“

Malo runzelt ganz kurz die Stirn. Er wirkt tatsächlich überrascht. Aber nur für eine Sekunde.

„Dann zahlen wir halt wieder …“

„Ja, aber … wo soll ’n das enden? Du hast doch nicht endlos Geld!“

Es war mehr so als Witz gesagt, aber Malo schaut mich mit diesem ernsten Blick an. Er sagt zwar nicht „doch“, aber ich spüre es.

„Du hast endlos Geld?“

Malo sagt nichts. Jetzt scheint es ihm unangenehm zu sein. Schon immer war es bei dem Thema Geld irgendwie komisch mit ihm. Als ob er das ganze Konzept Geld nicht ernst nimmt.

„Du darfst nicht darüber reden?“, frage ich, weil er beharrlich schweigt.

Er zögert noch kurz, dann: „Wir haben ein Konto, das wir … auffüllen können. Sind ja nur ein paar Zahlen im Computer …“

Nur ein paar Zahlen im Computer? Ja, so würde ich das auch gerne sehen.

„Aber das ist Betrug!“

„Wir nutzen es nur für die … Forschung.“

Ich bin sprachlos für den Moment.

„Rufst du Axel an?“, fragt er mich, als ob die Tatsache, dass meine Aliens sich ihr Geld selbst basteln können, wie sie wollen, das Natürlichste von der Welt ist.

Ich habe dann erst mal nichts weiter dazu gesagt. Sondern tatsächlich Axel angerufen. Er hat als „Zeichen des guten Willens“ das Abendessen in Konstantins Restaurant abgesagt. Wahrscheinlich hatte er nie eine Reservierung. Es klang auch eher so, als ob er gerade dabei war, auf einer seiner geliebten Gaming-Coventions ein Autorennen zu spielen. Bevor er „dran“ war, hat er dann noch zugestimmt, dass wir uns heute Nachmittag treffen. Zur Geldübergabe. Er will mich kurz vorher anrufen und den Ort bekannt geben. Ich soll mich bereithalten. Ich sitze hier und bin bereit. Und denke: Alles irgendwie strange, oder?

Halbe Sachen

Veröffentlicht am Montag, 5. September 2011 – 16:54

Ich will schon seit gestern Abend schreiben. Aber als ich vom Treffen mit Axel zurückgekommen bin, war Konstantin zu Hause. Hatte sich den Abend frei genommen. Und heute hat er ja sowieso den ganzen Tag frei. Seit Stunden wuselt er in der Wohnung rum. Macht auf wichtig und geheimnisvoll. Kalkuliert offensichtlich irgendwas, denn er kommt ständig in mein „Arbeitszimmer" geplatzt, um solche Sachen zu fragen, wie: Was kostet mein Fitnessstudio im Monat? Aber es ist irgendwie anders als die Nummer, bei der er mir die Kita von Ben ausreden wollte. Freundlicher. Überhaupt: Nachdem die ganze letzte Woche hier eisige Stimmung geherrscht hat, ist er plötzlich fast nett. Ich habe mich jetzt auf die Toilette zurückgezogen, um in Ruhe schreiben zu können.

Mit Axel gibt es nämlich ein neues Problem: Wir haben uns gestern im Technikmuseum getroffen. Erst dachte ich, das wäre wieder so ein „sicherer" Treffpunkt, aber dann musste ich feststellen: Axel arbeitet dort. Als Aufpasser. Oder wie auch immer die heißen. Ich war einigermaßen perplex, dass er überhaupt mal arbeitet. Nach eigener Aussage ist es sogar sein „Traumjob", auf durchgeschnittene Autos aufzupassen.

Konstantin war zwar überrascht, dass ich freiwillig ins Technikmuseum gehe (macht sonst er), aber Ben liebt es dort, also fiel mein heimliches Treffen mit Axel nicht weiter auf. Der hat mich dann erst mal endlos zugelabert, wie großartig die Ausstellungen sind und was man alles für tolle Sachen lernen kann. Und er wird sogar dafür bezahlt, dort rumzuhängen! Wahnsinn! Wow! Als ich daraufhin gefragt habe, wofür er das erpresste Geld denn dann überhaupt braucht, wurde er wortkarg. Er hat nur immer wieder betont, dass das ja keine Erpressung ist, weil er mir das Geld zurückzahlen wird. Und er hat zehn Mal geschworen, dass er mich garantiert nicht um mehr Geld „bitten“ wird, bis er dann beim Abschied plötzlich doch noch „eine Bitte“ hatte.

Boah. Gerade klopft Konstantin hier an die Tür und fragt, was ich so lange auf der Toilette mache. Jetzt muss ich sogar schon Durchfall vortäuschen für meinen Blog!

Axel wollte, dass ich einen Versöhnungsversuch bei meiner und seiner Mutter starte. Das ist wirklich die Höchststrafe! Die beiden Schwestern haben sich vor Jahren wegen einer scheinbaren Lappalie zerstritten und reden seitdem kein Wort mehr. Wer meine Mutter kennt, weiß: Das wird sich so schnell nicht ändern. Und schon gar nicht, weil ich sie darum bitte. Dann muss ich mir allerhöchstens wieder die ganzen Verfehlungen meiner Tante anhören. Offensichtlich leidet meine Tante unter dem Streit. Und darunter, dass seine Mutter leidet, leidet Axel. Was ja irgendwie ganz rührend ist. Aber deswegen ist es nicht weniger aussichtslos, daran etwas ändern zu wollen.

Ich habe zu Axel gesagt: Vergiss es! Und bin mit Ben abgerauscht, der bereits dabei war, das durchgeschnittene Auto in weitere Einzelteile zu zerlegen. Der zuständige Wächter war nämlich abgelenkt …

Na ja, und eben kommt eine SMS von Axel:

„Wär mir aber echt wichtig! Mit den Müttern! Versuch’s doch mal! Sonst …“

So, wie soll ich jetzt das „Sonst …“ deuten? Wenn ich meine Mutter nicht bitte, sich mit ihrer Schwester zu versöhnen, sagt mein Cousin meinem Mann, dass ich eine Affäre habe (die ich gar nicht habe)? Kann Malo auch Versöhnungen in beliebiger Anzahl herstellen? Was muss ich noch alles vortäuschen? Ich drück jetzt mal die Spülung …

Meine Mutter

Veröffentlicht am Mittwoch, 7. September 2011 – 15:42

Vor fünf Jahren hat sich mein Vater von meiner Mutter getrennt. Und zwar nicht wegen einer anderen Frau, einer jüngeren gar, was mit Mitte fünfzig ja durchaus passieren kann. Und auch nicht, weil es einen fiesen Streit gegeben hätte oder etwas Derartiges. Nein, er wollte einfach nur seine Ruhe haben. So hat er es zwar nicht formuliert, aber letztlich ging es genau darum. Wenn man das weiß, kann man sich eine ungefähre Vorstellung von meiner Mutter machen. Sie hat das natürlich tief getroffen, aber irgendwie hat sie es geschafft, das Ganze in noch mehr Energie umzuwandeln, mit der sie nun ihr Leben bestreitet – anders als früher zusätzlich mit einer gehörigen Portion Ihr-könnt-mich-alle-mal! Ein Opfer dieser Einstellung war meine Tante, eine lange Geschichte. Mein ungeliebter Cousin Axel hat mich nun an diese Geschichte erinnert. Am Sonntag im Technikmuseum.

Und gestern – zwei Tage später – ruft meine Mutter an! Sie kommt nach Berlin! Punkt. Nicht: Passt es euch? Nein, sie ruft an, um die Ankunftszeiten ihres Fluges von Köln durchzugeben. Selbstverständlich wird sie bei uns wohnen – angesichts meines nutzlosen „Arbeitszimmers“ (mit Schlafcouch) wäre jeder Versuch, Platzmangel vorzutäuschen, zum Scheitern verurteilt. Ganz am Ende des Telefonats sagt sie immerhin noch: „Außerdem will ich schauen, wie es meinem zweiten Enkel geht!"

Sie hat sich wirklich gefreut über die Nachricht, dass wir noch ein Kind bekommen – geht allerdings fest davon aus, dass es wieder ein Junge wird. Ich weiß es besser. Darf aber noch nichts sagen.

Ihre Ankunft war heute Vormittag. Ich wollte erst Konstantin zum Flughafen schicken, aber der hat das Telefonat mitbekommen, ist sofort in Panik verfallen (meine Mutter und er haben eine „schwierige" Beziehung) und schlug vor, mit Ben in den Zoo zu gehen, damit wir, Mutter und Tochter, „schön Kaffee trinken" gehen können. Also hole ich meine Mutter am Flughafen ab, die mich nicht nur ihren hysterisch großen Koffer (sie bleibt bis Sonntag) tragen lassen will – trotz Schwangerschaft. Sondern nach einem Hinweis auf selbige sagt: „Also für die siebzehnte Woche bist du aber schon ganz schön mopsig."

Entsprechend unentspannt war dann das anschließende „Schön Kaffee trinken" am Gendarmenmarkt, bei dem mal wieder folgende Themen im Mittelpunkt standen:

Erstens: Warum wir uns nicht in so einem „schönen Stadtteil wie Gendarmenmarkt" eine Wohnung gekauft haben, sondern in „diesem Kreuzberg". Für meine Mutter ist Kreuzberg voller brennender Autos, Hausbesetzer und „schlechter Ausländer". (Sie differenziert sehr genau zwischen guten und schlechten Ausländern!)

Zweitens: Ob Konstantin immer noch an diesem „Blödsinn mit der Gaststätte" festhält. Dabei schafft sie es – wie immer – den Satz unterzubringen: „Wer nichts wird, wird Wirt." Für Konstantin ist ihr Besuch übrigens eine 1A-Gelegenheit, unser derzeitiges Verhältnis etwas aus dem Tiefkühlfach geschoben zu bekommen. Denn schon nach drei Minuten Unterhaltung verteidige ich ihn – ich kann nicht anders!

Drittens: Dass alle sie mal können! Das Thema taucht auch jedes Mal bei Telefonaten und Besuchen auf. Sie ist nie verlegen um Beispiele, wer sie mal kann. Diesmal ist es ausgerechnet mein Cousin Axel! Denn der hat sie wohl gleich mehrfach angerufen in den letzten Wochen, um für seine Mutter (= ihre Schwester) ein gutes Wort einzulegen. Aber … er kann sie mal. Damit wäre das Thema auch abgehakt. Ich brauche also nicht einmal mein eigenes gutes Wort einzulegen, lieber Axel.

Über das Wetter hat sie sich dann auch noch beschwert, aber das ist Gott sei Dank in Leverkusen auch nicht viel besser als in Berlin.

Dann rief Konstantin an. Er hatte die glorreiche Idee, uns alle für den Abend ins Restaurant einzuladen. Meine Mutter bricht daraufhin in schallendes Lachen aus, als ob es ein Witz wäre. Und sagt, dass sie sowieso keine Zeit hat. Es ist ja Popkomm und sie will auf ein Konzert mit katalanischen Musikern, denn katalanische Musik fand sie bei ihrem Trip nach Barcelona so wahnsinnig toll. Ich erspare mir den Hinweis, dass sie bei dem Konzert den Altersdurchschnitt ganz schön nach oben ziehen wird, und behalte meine Zweifel für mich, ob das dieselbe katalanische Musik sein wird, die sie in ihrem Neckermannhotel gehört hat. Stattdessen frage ich Konstantin, ob er im Zoo etwas mit Ben isst oder ob er nach Hause kommt. Daraufhin er: „Nee, wir sind nicht im Zoo. Ben wollte unbedingt ins Technikmuseum."

Ich gerate in Panik. Verstehe vor allem eins nicht: „Seit wann kann Ben sagen: ‚Ich will ins Technikmuseum!' Er ist nicht mal zwei!"

„Er hat die ganze Zeit ‚Halbe Auto gucken, halbe Auto gucken' gesagt. Das ist doch hier im Museum. Wir sind gerade auf dem Weg dahin!"

Ich wusste, dass mich dieses beknackte durchgeschnittene Auto noch einmal einholen wird. Das Auto, an dem Axel „Aufpasser" ist. Und deswegen zwangsläufig mit Konstantin reden wird. So blöd wie Axel ist, könnte trotz des gezahlten Schweigegelds das Gespräch ganz schnell auf meine „Affäre" kommen. Ich habe mir deswegen den Mund fusselig geredet, warum es keine gute Idee ist, mit Ben dort hinzugeben, und dass „Halbe Auto gucken" auch ein wenig wie „Orang-Utan gucken" klingt. Die mag Ben doch so. Meine Mutter schaut mich an, als ob ich wirres Zeug rede (was ich ja definitiv auch tue) und Konstantin meint zunehmend gereizt, dass sie ja nun eh schon da sind. Und er jetzt zu dem verdammten Auto geht!

Na ja, eben sind wir dann nach Hause gekommen. Während ich meiner Mutter ihren Koffer in mein „Arbeitszimmer" rolle, halte ich vorsichtig Ausschau nach Konstantins Stimmung. Er wirkt sehr angespannt. Aber schon bald merke ich: Es ist nur die Anwesenheit meiner Mutter. Konstantin ist heilfroh, als er sich mit ihr gemeinsam über den nutzlosen Axel aufregen kann, den er vorhin im Museum getroffen hat. (Ich: „Echt? Der arbeitet da?") Ich will schon durchatmen, weil Axel offensichtlich so gut wie gar nichts gesagt hat – ganz sicher also nichts über meine „Affäre". Doch da sagt Konstantin zu meiner Mutter: „Er hatte nur eine Frage: Ob ich eigentlich Kontakt zu dir habe!"

Meine Mutter und ich gleichzeitig: „Was hast du geantwortet?"

Wir müssen beide ziemlich angespannt rübergekommen sein, denn Konstantin wirkt ganz kleinlaut, als er sagt: „Na ja, ich habe gesagt, dass du gerade zu Besuch bei uns bist.“

Selten haben meine Mutter und ich so einvernehmlich gestöhnt. Wenn auch aus leicht unterschiedlichen Gründen. Sie, weil Axel sie mal kann. Und ich, weil ich mir sicher bin, dass ich Axel mit seinem blöden Versöhnungswunsch bald wiedersehen werde …

Die letzte Woche

Veröffentlicht am Donnerstag, 15. September 2011 – 16:19

Ich glaube, ich wäre in der letzten Woche tatsächlich durchgedreht, wenn ich Malo nicht gehabt hätte. Hier meine drei größten Probleme:

Erstens: Meine Mutter. Sie ist immer noch da. Ich weiß, sie wollte nur bis Sonntag bleiben. Aber der Beginn ihres Volkshochschulkurses hat sich um eine Woche verschoben. Der Kurs, den sie gibt, wohlgemerkt. (Sie unterrichtet Englisch – ihr Vater ist Amerikaner …). Und da es in Berlin ja ein so „weitgefächertes“ kulturelles Angebot gibt, „bleibe ich doch einfach noch eine Woche, Nessi!“ Dass ich nicht so ein weitgefächertes Nervenkostüm habe, gerade in der Schwangerschaft, ist ihr überhaupt nicht bewusst. In dem Fall ist es nicht so, dass ich sie mal kann – wie alle anderen sonst. Sie merkt es einfach nicht. Denn ihr geht es hier ja gut. Okay, ich klage auch nicht. Ihr gegenüber. Mein Fehler. Aber seit Ben auf der Welt ist, habe ich dieses Oh-Gott-das-hat-sie-auch-alles-für-mich-getan-Gefühl, weswegen ich sie einfach nicht dauernd anmotzen kann. Dafür laufe ich Gefahr zu implodieren.

Zweitens: Konstantin. Der ist überhaupt keine Hilfe im Moment. Eigentlich ist er überhaupt nicht mehr da. Sondern nun noch im Restaurant. Sogar am Montag „musste“ er arbeiten, obwohl das Restaurant geschlossen hatte. Er erzählt zwar die ganze Zeit mit so einem dämlichen Grinsen: „Das hat alles seinen Grund! Wirst schon sehen!“ Er meint wahrscheinlich seine Alles-wird-gut-Überraschung, um die er ein Riesengeheimnis macht. Aber wie Männer nun mal so sind, wird die – wenn überhaupt – wahrscheinlich darin bestehen, dass er das Restaurant ganz toll umgebaut hat, wovon ich dann mal so gar nichts habe. Außer, dass er mich komplett mit meiner hyperaktiven Mutter alleine lässt.

Drittens: Mein Cousin Axel. Konstantin hat ihm ja dummerweise mitgeteilt, dass meine Mutter in Berlin ist. Wie nicht anders zu erwarten, sieht er darin eine 1A-Gelegenheit, endlich die Versöhnung zwischen ihr und seiner Mutter herzustellen. Und da meine Mutter ihn schon zehn Mal hat abblitzen lassen (weil er sie mal kann), bin ich nun das Opfer. Seit letzter Woche: Einmal bei Kaiser's auflauern, vier Anrufe, acht SMS. Alle mit demselben Inhalt. Ich ignoriere das zwar bzw. behaupte, dass ich alles versucht habe. Trotzdem bleibt er hartnäckig und bringt nun doch wieder mehr und mehr das Thema „Affäre“ mit dem Unbekannten ins Gespräch (bzw. in die SMS).

Damit wären wir bei Malo. Der Lichtblick in dieser Woche. Früher war es ja so, dass mein lieber Außerirdischer mich hauptsächlich während Bens Mittagsschlaf heimlich zu Hause besucht hat, damit ich ihm unsere Welt erklären kann. (Und nicht weil wir eine Affäre hätten, lieber Axel!) Da nun meine Mutter bei uns ist (und mittags ihren Mittagsschlaf hält), geht das nicht. Eigentlich wollte ich auch auf Distanz zu Malo gehen, aber bei dem Stress? Also habe ich nun den festen Nachmittagsspielplatz eingeführt. Der war erst nur eine Schutzbehauptung, um nicht auch noch nachmittags von meiner Mutter durch die Shops, Museen und Cafés geschleppt zu werden, aber dann wurde die Schaukel auch zu einem Dauertreffpunkt mit Malo. Egal, wie das Wetter war: Ben und ich sind auf den Spielplatz gegangen. Es ist wie eine Insel. Eine ruhige Insel im Chaos. Ben ist ja sowieso ein Engel, wenn Malo in der Nähe ist. Und ich … Dieser Mann hat trotz aller Verrücktheiten immer noch die Wirkung eines großen Löffels Nutella. Er macht einfach glücklich. Er sitzt da, hört mein Jammern über die oben genannten drei Probleme, macht kleine Witzchen, baut Sandburgen und riecht gut.

Das ist also der Status Quo. Jetzt muss ich los – Ben ist wach. Es geht zum Spielplatz. Juhu!

Abgefahren

Veröffentlicht am Freitag, 16. September 2011 – 17:00

Gestern: Erst ist auf dem Spielplatz alles wie immer. Als ich ankomme, bin ich noch auf hundertachtzig. Meine Mutter wollte abends unbedingt Sushi essen gehen. Da ich wegen meiner Schwangerschaft abgelehnt hatte, gab es die x-te Diskussion unter dem Motto „Das hat uns doch früher auch nicht geschadet“. Mal abgesehen davon, dass sie vor dreißig Jahren ganz sicher kein Sushi gegessen hat, ist es unfassbar, wie sie jegliches neue Wissen über Gefahren in der Schwangerschaft an sich abperlen lässt. Aber gut, kaum bin ich bei Malo, ist nicht nur Ben endlich ruhig (den ich nur mit Gewalt angezogen bekommen hatte – er wollte nackt gehen). Auch ich werde ein zahmes Lamm, sobald ich den Frust über meine Mutter bei Malo abgelassen habe und er mich mit seinem warmen Lächeln auffängt.

Dann fragt er allerdings, wo der Reiz bei Sushi liegt. Roher, toter Fisch. Zur Erinnerung: Auf seinem Planeten tötet man keine Tiere, um sie dann zu essen. Das ist mir aber egal. Ich liebe Sushi und schwärme von einem Restaurant in Miami, wo wir in unseren „reichen" Zeiten mal waren. Bestes Sushi der Welt. Champagner. Warme Briese vom Meer. Das war für mich Glück. Malo guckt mich so komisch an. Ich denke schon, dass ich was Doofes über tote Fische gesagt habe, aber er ist zuckersüß, will einfach nur verstehen, was dieser „Luxus" ist.

„Deine Augen glänzen, wenn du davon redest", sagt er mit seinem unwiderstehlichen Lächeln.

Das war der Startschuss. Ich lasse alles raus. Wie sehr ich die alten Zeiten vermisse. Klar, mit Ben kann man sowieso nicht mehr so viel ausgehen, feiern und spontan reisen, aber das ist auch okay. Ich leide vor allem darunter, dass alles, was besonders ist, nicht mehr möglich ist. Ich muss nicht in Elefantenmilch baden und jede Woche eine neue Louis-Vuitton-Handtasche haben. Aber gar nichts Außergewöhnliches? In den letzten zwei Jahren waren wir ein Wochenende verreist. Das war's. Seit wir unsere Wohnung gekauft haben und dann die allgemeine Wirtschaftskrise zu Konstantins „Wirtschaftskrise" wurde, müssen wir sparen, sparen, sparen.

Und während ich das alles so schön erzähle, Malo mir aufmerksam zuhört und Ben vor uns den Kopf in den

Sand steckt (wortwörtlich), steht plötzlich Axel da. Mit so einem Hab-ich-euch-erwischt-Gesichtsausdruck. Das hat er dann tatsächlich auch gesagt.

„Hab ich euch erwischt!“

Da ich seine letzten drei SMS nicht beantwortet habe, ist er nun offensichtlich durch den ganzen Kiez gelatscht, um mich zu suchen. Damit ich endlich ein gutes Wort bei meiner Mutter für seine Mutter einlege. Und damit fängt er auch jetzt wieder an. Ansonsten: „Ich rede mit Konstantin. Er erfährt alles. Von euch. Von dem da!“

Sagt er und zeigt mit zitternder Hand auf Malo, der Axel betrachtet wie ein Tier im Zoo. Da ich eh gerade so schön in Fahrt war, bin ich ausgeflippt. Habe Axel rund gemacht. Dass er absolut nutzlos, hinterhältig, dumm und zudem auch noch übelriechend ist. Darauf er: „Aber ich betrüge niemanden mit … dem da!“

Wieder diese zitternde Hand. Plötzlich steht Malo auf. Erst da merke ich, dass er einen Kopf größer als Axel ist. Axel geht ängstlich einen Schritt zurück, aber Malo lächelt ihn nur freundlich an und sagt: „Deine Cousine und ich. Wir haben keine Affäre.“

„Ach ja?“, stottert Axel. „Und wieso trefft ihr euch heimlich? Wieso lügt sie Konstantin an?“

„Weil niemand etwas von mir erfahren darf“, sagt Malo unfassbar ruhig. „Ich komme von einem anderen Planeten. Vanessa ist auserwählt, mir die Welt zu erklären. “

Ich seufze und will gerade sagen, dass das doch eh kein Schwein glaubt. Aber da sehe ich, wie es in Axels Gesicht arbeitet. Er hat den Mund offen stehen. Und sagt: „Echt?“

Malo nickt und fügt an: „Du bist jetzt auch Geheimnisträger. Du darfst es niemandem erzählen! Sonst … “

Der Tonfall beim letzten Satz hätte auch mir Respekt eingeflößt. Doch das war noch nicht alles. Plötzlich sehe ich, dass Axel auf Malos Hand starrt. Der hält sie geöffnet vor sich und darin … also eigentlich eher darüber … schwebt ein kleiner funkelnder oder leuchtender Stein. Er schwebt wirklich. Axel betrachtet ihn ehrfürchtig.

„… sonst werden wir dich hiermit immer und überall finden!"

Axel nickt geflasht. Er starrt den Stein noch einen Moment an. Dann schluckt er und stammelt in meine Richtung: „Das … das wusste ich nicht. Entschuldigung …"

Dann dreht er sich um und macht, dass er davonkommt. Ich schaue Malo ungläubig an, der den Stein längst wieder eingesteckt hat.

„Nur eine Spielerei von daheim. Für Kinder …", sagt er lächelnd.

Aber Axel hat's geschluckt. Das mit dem Außerirdischen. Einfach so. Ich bin immer noch baff.

„Ich kenne diese Typen", erklärt Malo nickend. „Star Trek. Star Wars. Avatar. Die glauben alles, was ein bisschen … Wie sagt ihr?… abgefahren ist!"

Sagt es und beginnt, Ben auszubuddeln …

Etwas Besseres

Veröffentlicht am Samstag, 17. September 2011 – 7:53

Gestern war ich kurz davor, meine Mutter zu erwürgen. Ben verweigerte mittels Tobsuchtsanfall mal wieder mein mühsam gekochtes Essen, die Handwerker, die endlich unseren Balkon fertig machen sollten, waren an ihrer Aufgabe gescheitert und hatten stattdessen unser Parkett geschrottet, die Wäsche musste aufgehängt werden (ich hasse Wäscheaufhängen) und zu allem Überfluss belaberte mich meine Mutter unaufhörlich, weil sie unbedingt am heutigen Samstagabend mit mir zu irgendeinem Klassische-Musik-und-Gourmet-Essen-Abend wollte, weil „man da ja schlecht alleine hingehen kann".

Dass ich weder die angekündigte Blutwurst und Leber essen, noch den „vorzüglichen" Wein trinken kann, störte sie genauso wenig wie mein Problem, kurzfristig einen Babysitter für Ben zu finden. Sie wollte allen Ernstes irgendeinen Babysitter aus dem Internet nehmen und verstand nicht, dass ich doch lieber jemanden wollte, den Ben zumindest kennt. Als sie dann wieder mit „Das hat doch früher auch nicht geschadet" anfing, bin ich kurz ausgetickt, habe die nasse Wäsche aufs zerkratzte Parkett geschmissen und bin türenknallend in meinem „Arbeitszimmer" verschwunden.

Irgendwas muss das in ihr ausgelöst haben. Denn sie kam hinterhergeeilt, war ganz sanft – so wie ich sie lange nicht mehr erlebt habe – und murmelte etwas davon, dass mein Vater (der sie wirklich mal kann!) während meiner Schwangerschaft ja auch immer so undankbar gewesen ist. Ich hatte Konstantin zwar mit keinem Wort erwähnt, aber egal. Schließlich sagte sie: „Morgen kümmere ich mich den ganzen Tag um Ben und du hast frei!"

Da war ich baff. Denn sie meinte es ernst. Gab sehr, sehr indirekt zu erkennen, dass ihr Besuch ja vielleicht auch eine Belastung für mich sein könnte. Am Ende verzichtete sie sogar auf das Klassische-Musik-und-Gourmet-Essen und gab mir den heutigen Abend auch noch frei. Ich sollte mich doch einfach mal mit „einer Freundin" amüsieren.

Na ja. Anja – die einzige Berliner Freundin, die mir noch geblieben ist nach Pleite plus Kind – war übers Wochenende verreist. Aber selbst wenn sie es nicht gewesen wäre … Ich rief Malo an. Es erschien mir logisch. Ich wollte ihm anbieten, dass wir spazieren gehen oder so. Um dem armen Außerirdischen mal so richtig ausführlich die Welt zu erklären. Er sagte: „Ich weiß etwas Besseres!"

Wir treffen uns nachher. In der Friedrichstraße. Ich bin verdammt noch mal aufgeregt.

Der Tag mit ihm

Veröffentlicht am Sonntag, 18. September 2011 – 8:16

Guten Morgen!

Gestern war der schönste Tag meines Lebens. Man sollte vorsichtig mit solchen Superlativen sein. Ich weiß. Es gab natürlich auch früher schon viele großartige Tage. In meiner Kindheit, während der WG-Zeit im Studium, bei der Arbeit, auch und vor allem mit Konstantin. Und natürlich war die Geburt von Ben das Wichtigste, Ungewöhnlichste und Beste, das mir je passiert ist. Aber gestern … Wäre ich Bill Murray in „Täglich grüßt das Murmeltier", gestern wäre der Tag gewesen, der sich immer wiederholen sollte.

Erinnert Ihr Euch, dass ich auf dem Spielplatz mit Malo lange darüber geredet habe, wie sehr ich Luxus vermisse? Der Mann hat zugehört. Und dass er Geld drucken kann, wissen wir ja. Ich trau mich gar nicht, das zu schreiben, aber ... Er hat mir einen Tag voller Luxus und Genuss beschert.

Erst waren wir shoppen. Mit einer Engelsgeduld, die ich noch bei keinem Mann außer ihm erlebt habe, ließ er mich nicht ein, nicht zwei, sondern gleich drei Paar Schuhe aussuchen – egal wie teuer. Da hatte ich noch Skrupel. Außerirdischer hin, Außerirdischer her, und auch wenn es nicht sein Geld ist, sondern irgendein Trick, den wir doofen Erdlinge nicht durchschauen: Sich von einem fremden Mann mit Luxus überhäufen zu lassen, fühlt sich immer komisch an. Am Anfang. Aber es machte so einen Spaß, er wirkte so überhaupt nicht gönnerhaft, irgendwann dachte ich: Ich habe mir das verdient!

Nach dem Shoppen waren wir Sushi essen. Hah! Ihr dachtet, Schwangere dürfen kein Sushi essen? Ich weiß jetzt: Kommt drauf an. Er hatte ein echtes japanisches Restaurant ausfindig gemacht, das wunderbares Sushi mit Gemüse, gekochtem Fisch, Garnelen usw. im Angebot hat. Malo hat sogar selbst Gemüsesushi gegessen!

Dann kam's aber erst. Wellness. Im Hyatt am Potsdamer Platz. Sauna, Dampfbad, Whirlpool. Und ein großes Schwimmbecken mit Blick über die Stadt. Als Malo mir dann auch noch offenbarte, dass er eine neunzigminütige Massage extra für Schwangere gebucht hatte ... Unbeschreiblich. Darüber, wie er in Badehose aussah, schweige ich sowieso besser mal. Ich sollte eigentlich aufhören zu schwärmen. Aber der Tag hörte ja auch noch nicht auf.

Abends waren wir im Margaux. Das hat immerhin einen Michelin-Stern! Der Koch dort ist berühmt für seine vegetarischen Menüs mit einheimischen Produkten. Konstantin schwärmt mir ständig davon vor. Aber wir können es uns natürlich nicht leisten. Tja. Jetzt war ich dort, aß dieses galaktische Menü und trank dazu Jahrgangstraubensaft aus einem Champagnerglas.

Nach dem Essen frage ich Malo bei einem kleinen Spaziergang durch das Brandenburger Tor, warum er das alles macht. Warum ein solcher perfekter Tag? Ist das auch irgendein Experiment für seinen Besuch auf der Erde? Er schüttelt den Kopf.

„Der Führer weiß nicht, dass ich das mache. Er würde es nicht genehmigen."

„Warum machst du's dann?"

„Weil ich dich glücklich sehen möchte … Ich habe noch nie so etwas Schönes gesehen wie dich, wenn du glücklich bist."

Er sagt dies mit einem traurigen Lächeln. Ich fühle mich wunderbar geschmeichelt, bin aber auch erstaunt.

„Sind die Menschen bei euch nicht glücklich?"

„Doch. Aber … Wir haben nicht so viele Probleme wie ihr. Alle sind eigentlich so gut wie immer glücklich. Das nutzt sich ab."

Ich weiß sofort, was er meint. Als es Konstantin und mir gut ging, da ging es uns permanent gut. Ich habe es für selbstverständlich genommen. Klar habe ich mich auch über eine besondere Reise oder einen schönen Abend gefreut. Aber nicht ansatzweise, nicht ein einziges Mal so sehr wie gestern. Das kann ich heute nur, weil ich nun auch die andere Seite kenne. Zu gut kenne.

„Das heißt: Mich glücklich zu machen, macht dich glücklich?", frage ich ihn.

Er nickt und sagt:

„Mehr als alles andere in der Welt."

Dann bleibt er stehen, nimmt meine Hand und küsst mich.

Überraschung

Veröffentlicht am Montag, 19. September 2011 – 13:56

Gestern musste ich aufhören zu schreiben, weil Konstantin wach wurde. Konstantin. Tja. Aber der Reihe nach.

Über Samstag habe ich genug geschwärmt. Auch einen Tag später nehme ich keine euphorische Äußerung zurück, möchte ich keine Sekunde mit Malo missen. Ja, wir haben uns geküsst. Damit hatte ich nicht gerechnet, wirklich nicht. Aber es war zwangsläufig, logisch, richtig. Und wunderschön. Denn ich habe gespürt, dass auch in ihm etwas passiert, was neu für ihn ist, was er nicht kennt, was ihn aufwühlt, was echt ist. Und das berührt mich noch viel mehr als seine Ausstrahlung, sein Geruch und der wunderbare Geschmack seiner Lippen. Nach dem Kuss, der eigentlich aus mehreren Küssen bestand, rief Malo mir ein Taxi, bedankte sich für den wundervollen Tag (er bei mir!) und verabschiedete sich. Auch das war perfekt. Natürlich hätte ich mit ihm in sein Hotel fahren können, meine Mutter hatte mir Open-End „freigegeben“, aber das wäre aus vielen Gründen sowas von falsch gewesen.

Gestern hat sich dann Konstantin meine extrem gute Sonntagslaune Gott sei Dank damit erklärt, dass die Abreise meiner Mutter anstand. Doch die hätte wegen mir sogar noch zwei Wochen länger bleiben können. Na ja, zumindest dachte ich das für fünf Sekunden. Sie muss aber heute eh wieder arbeiten, also brachte ich sie mittags zum Flughafen und traf danach Malo wieder.

Zusammen mit Ben. Auf dem Spielplatz. Es waren also keine weiteren Küsse zu erwarten, aber es war trotzdem alles anders. Als ich bei der Rutsche ankam und ihn sah, war da sofort dieses Gefühl von: Der gehört zu mir. Das sollte man ja eigentlich nicht haben, wenn man verheiratet ist. Doch den Gedanken an Konstantin drückte ich schnell weg. Malo und ich saßen da und hielten versteckt Händchen. Wie Teenager. Ich fühlte mich auf jeden Fall wie einer. Aber das Tolle war: Malo war ebenso aufgeregt. So habe ich den sonst so coolen Kerl noch nie erlebt. Wir haben von dem Tag davor geschwärmt. Er hat mir lauter Komplimente gemacht. Es war wieder wunderschön, auch ohne Luxus. Ihn zu haben ist der Luxus. Wo das alles hinführen soll? Darüber haben wir kein Wort verloren. Ich glaube, wir fühlten beide, dass diese Frage so kompliziert ist, dass wir sie so lange wie möglich aufschieben sollten.

Sie holte mich wenige Stunden später ein. Nämlich als Konstantin abends vom Restaurant nach Hause kam. Vergleichsweise früh. Mit diesem dämlichen Grinsen, das er seit Tagen mit sich rumschleppt. Endlich, endlich durfte ich dann also erfahren, was die große, tolle, ganz besondere Überraschung ist. Er hat „keine Kosten und Mühen" gescheut, um sich eine Woche frei zu schaufeln, um mit mir und Ben in den Urlaub fahren zu können! Am Freitag! Nach Antalya! All inclusive!

Ich habe mich noch nie in meinem Leben so wenig über einen Urlaub gefreut. Auch wenn man mal komplett ausblendet, was da soeben mit Malo geschieht: Ich hasse es, so kurzfristig mit irgendwas überrascht zu werden. Wir haben ein Kind, ich bin schwanger. Es müssen tausend Sachen vorbereitet werden. Für mich bedeutet dieser „Urlaub" vor allem eins: Stress! Und dann: Ein All-Inclusive-Hotel? Wisst Ihr, wie das Hotel heißt? Titanic. Das sagt ja wohl alles, oder?

Ein Mädchen

Veröffentlicht am Dienstag, 20. September 2011 – 13:38

Wir waren vorhin beim Frauenarzt. Konstantin und ich. Eigentlich sollte der Termin nächsten Samstag sein, aber da wir ja in den Urlaub fahren (Überraschung!), mussten wir den Termin vorziehen bei einer Frauenärztin, die immer hoffnungslos zu viele Termin annimmt (außer Samstags …).

O-Ton Sprechstundenhilfe: „Also, wenn Se unbedingt wolln, komm' Se halt!"

Ich bin noch nie in der Schwangerschaft geflogen. Und ich war noch nie in der Schwangerschaft im Ausland. Ist doch wohl klar, dass ich deswegen vorher unbedingt mit meiner Ärztin reden will, oder? Auch wenn Konstantin das nicht versteht. Mit zwei Stunden Wartezeit hatte ich gerechnet, knapp drei wurden es.

Highlight des Termins war rein theoretisch, dass uns nun auch mit Bestimmtheit das Geschlecht unseres Nachwuchses gesagt werden konnte. Ein Mädchen. Juhu. Konstantins Freude hat mich komplett kalt gelassen. Ich war kurz davor, ihm zu sagen, dass ich das schon seit Wochen weiß. Aber ganz so weit bin ich noch nicht. Also so weit, dass ich Konstantin von Malo erzähle. Und nicht nur von dem Außerirdischen Malo, sondern auch dem Mann Malo, der in mir so ganz andere Gefühle auslöst, als Konstantin und sein Überraschungsurlaub es tun.

Eigentlich hätte ich noch tausend Sachen einkaufen müssen nach dem Termin. Aber Ben musste essen und ins Bett. Und Konstantin zur Arbeit. Gerade jetzt – vor dem Urlaub – kann er natürlich keine Sekunde dort fehlen. Und ich hatte ja schon diesen zeitaufwendigen Arzttermin „reingeschoben“. Dementsprechend hatte Konstantin plötzlich nicht mal mehr Zeit, kurz in die gegenüberliegende Apotheke zu gehen, um die mineralische Sonnencreme für Ben zu holen. Stattdessen sagte er:

„Wir fahren ja nicht in die dritte Welt. In der Türkei gibt es auch Sonnencreme!“

Da bin ich ausgerastet. Mitten auf dem Wittenbergplatz. Vordergründig, weil er auch nach knapp zwei Jahren immer noch nicht kapiert hat, dass kleine Kinder nun mal eine besondere Pflege brauchen. Aber eigentlich wegen seiner kompletten Ignoranz. Als er dann auch noch andeutete, ich sei undankbar – schließlich hat er sich den Arsch aufgerissen für die freie Woche – habe ich den Urlaub kurzerhand abgesagt. Ich muss nicht auf die Titanic. Echt nicht!

Konstantin war empört und dann kam es raus: Er braucht diesen Urlaub. Er ist fix und fertig, ausgebrannt. Und sehnt sich nach einer Woche Strand und Nichtstun. Super. Was sagt man dazu? War der Urlaub nicht ursprünglich mal eine Überraschung für mich gewesen? Mit einem bestimmenden „Wir fliegen am Freitag!“ eilte Konstantin davon. Und ich konnte gucken, wie ich Ben allein in den Kindersitz vom Auto bekam – schwanger. Aber das vergisst Konstantin sowieso gerne. Auch zehn Minuten nachdem wir unser Mädchen auf dem Ultraschall gesehen haben. Sie ist übrigens gesund und munter.

Zu allem Überfluss konnte ich Malo gestern nicht sehen – weil Montag war und Konstantin zu Hause den Urlaub „planen“ wollte. Aber auch heute hat Malo keine Zeit – irgendein wichtiges Treffen mit seinen Leuten. Gerade jetzt! Dafür sehe ich ihn morgen. Der einzige Lichtblick. Wir werden reden müssen. Über Konstantin. Ernsthaft.

Welt: Steht wieder Kopf

Veröffentlicht am Donnerstag, 22. September 2011 – 7:47

Ich habe die ganze Nacht nicht geschlafen. Jetzt bin ich aufgestanden, um zu schreiben. Vielleicht hilft es.

Gestern habe ich Malo getroffen. Oh Gott, ich … Wenn ich wirres Zeug schreibe, entschuldigt das bitte. Wir haben uns nachmittags auf dem Spielplatz getroffen. Wie immer. Ich hatte mir vorgenommen, über Konstantin zu reden. Und wir haben geredet. Oh ja. Auch Malo war sehr ernst und hat sofort verstanden, was los ist: Es geht so nicht weiter. Wir waren uns schnell einig, dass ich nicht mit nach Antalya fliege. Soll Konstantin doch alleine fliegen. Kann er sich erholen. Und über uns nachdenken. Denn ich wollte ihm mit auf den Weg geben, dass unsere Ehe keine Zukunft hat. Von Malo wollte ich nichts sagen. Noch nicht. Das hätte den Fokus zu sehr von den Problemen genommen, die schon lange vor Malos Auftauchen existiert haben. Klar macht er es mir leichter, aber die Beziehung mit Konstantin geht so oder so nicht weiter. Da ich mir sicher bin, dass Konstantin trotzdem fahren würde – schließlich hat er „geschuftet" für die freie Woche – hätten Malo und ich eine Woche Zeit, um uns über uns klar zu werden. Vor allem, um endlich mal darüber zu reden, ob eine Beziehung zwischen einem Mann von einem anderen Planeten und mir überhaupt möglich ist. Wie? Wo? Und überhaupt: Ich wollte alles über seinen Planeten erfahren. Er wollte mir alles erzählen. Das haben wir also beschlossen. Gestern auf dem Spielplatz. So. Ihr denkt jetzt, das war die Sensation, wegen der meine Welt Kopf steht? Nee. Echt nicht. Denn das war mir schon seit ein paar Tagen klar.

Jetzt kommt's: Wie immer trennen Ben und ich uns von Malo an der Straße vor dem Spielplatz. Malo muss noch wohin, winkt ein Taxi herbei, umarmt mich, wie nur er das kann, und steigt ein. Während er davonfährt, sehe ich einen Mann in Malos Alter. Er winkt. Wem? Malo im vorbeifahrenden Taxi. Malo sieht ihn offensichtlich nicht. Der Mann ruft:

„Hey Stefan!"

Aber da biegt das Taxi schon um die nächste Ecke. Der Mann sieht mich. Ich gehe mit Ben eh in seine Richtung. Er nickt mir freundlich zu und sagt:

„Ah. Sie sind eine Freundin von Stefan?"

Ich nicke.

„Ich bin mit ihm zur Schule gegangen. Harald. Vielleicht hat er mal erzählt. Wir waren echte Kumpel damals. Aber … Er ruft nie zurück! Haben uns seit Monaten nicht gesehen!"

Er schaut dem Taxi noch einmal hinterher, was mir ein paar Sekunden gibt, um in Ruhe dabei zuzuschauen, wie meine schöne, aufregende Welt sich einmal komplett auf den Kopf dreht. Sie tut es noch nicht ganz, weil ich es noch nicht ganz glaube, verstehe, wahrhaben will.

„Sie sind mit ihm zur Schule gegangen? Hier? Also … Wo denn?"

„Bielefeld. Abi 92. Er ist dann sofort nach Berlin. Bin jetzt aber auch schon ein paar Jahre hier."

Meine Stimme muss bei der nächsten Frage schon beachtlich gezittert haben:

„Sie sind sich ganz sicher, dass der Mann, der eben ins Taxi gestiegen ist, Ihr alter ‚Kumpel' ist?"

„Klar. Stefan Müller. Er …"

Harald, Malo/Stefans Kumpel, stockt. Er mustert mich. Wird plötzlich ernster und auch ein wenig unsicher. Seine folgenden Worte werde ich nie vergessen:

„Sagen Sie jetzt bitte nicht, er hat Ihnen erzählt, dass er von einem anderen Planeten kommt!“

Ich kann darauf unmöglich antworten. Er versteht aber auch so.

„Scheiße! Dieser Idiot. Das macht er seit Jahren! Das ist so ’n unmöglicher Tick von ihm. Ich habe ihm schon so oft gesagt, mach das nicht mit den Mädels … Das geht irgendwann ganz fies nach hinten los.“

Er regt sich richtig auf. Ist wütend. Hält nebenbei noch Ben davon ab, auf die Straße zu laufen. Denn ich habe Ben vergessen. Man könnte glühendes, flüssiges Eisen über meinen Sohn kippen, ich würde es nicht mitbekommen. Denn bei einer auf dem Kopf stehenden Welt sieht man so etwas nicht. Man sieht gar nichts.

„Sie haben das doch nicht etwa geglaubt? Also so richtig?“, fragt Harald mich.

Ich höre mich sagen: „Nein. Nicht wirklich.“

„Er kann verdammt überzeugend sein. Denkt sich immer neuen Blödsinn aus. Für eine Frau hat er sogar mal so ’n Hologramm bauen lassen – sieht dann aus, als ob ein leuchtender Stein über seiner Hand schwebt. Macht mächtig was her. Hat er Ihnen das auch gezeigt?“

Ich schüttele den Kopf.

„Wissen Sie, er hat geerbt. Musste nie arbeiten. Und hat einfach zu viel Zeit und Geld! Dieser Idiot! Es tut mir echt leid, wenn ich da jetzt … Also, ich will mich natürlich nicht einmischen.“

„Das tun Sie nicht … Ich muss jetzt gehen.“

Das musste ich wirklich. Sonst wäre ich entweder in Tränen ausgebrochen oder vor Scham im Boden versunken. Mit dem Kopf zuerst. Denn meine Welt steht ja auf selbigem.

Ich habe später versucht Malo anzurufen. Er war nicht zu erreichen. Was vielleicht auch besser ist. Was wahrscheinlich sogar viel, viel besser ist.

Abflug

Veröffentlicht am Freitag, 23. September 2011 – 7:57

Die letzte Nacht war nicht viel besser als die davor. Ich habe zur Zeit weniger Schlaf als nach Bens Geburt. Ich war gestern nicht wie verabredet auf dem Spielplatz. Als Malo versucht hat, mich anzurufen, bin ich nicht drangegangen. Es klingt so einfach: Red mit ihm! Aber es geht einfach um zu viel, als dass ich für solche beknackten Spielchen einen Nerv hätte. Mit diesem ganzen E.T.-Kram ist jetzt Schluss! Ich bin auch nicht mehr aus dem Haus gegangen. Obwohl ich nicht mal mineralische Sonnencreme für Ben habe. Unser Flieger nach Antalya geht in drei Stunden. Ich weiß nicht, ob ich dort schreiben kann. Ich weiß im Moment gar nichts.

Auf der Titanic

Veröffentlicht am Sonntag, 25. September 13:23

Auf der Titanic gibt es einen kleinen Raum mit Internetanschluss. Man muss aber ewig warten, die Tastatur ist türkisch, die Klimaanlage schwemmt einem eiskalte Viren direkt in den verschwitzen Nacken und russische Touristenkinder quaengeln, dass sie auch endlich mal ins „Ihn-tanett“ wollen.

Wir sind seit Freitag also im „Urlaub“. Er zieht an mir vorüber wie ein schlechter Film, mit dem ich nichts zu tun habe. Konstantin denkt, meine üble Laune kommt von unseren diversen Streits. Bringe es nicht übers Herz zu sagen:

„Nee, Schatz, ich hab mich in einen Kerl verguckt, der mir wochenlang erzaehlt hat, dass er ein Ausserirdischer ist. … Nee, ich hab’s geglaubt. … Nee, er ist keiner. Abi 92 in Bielefeld.“

Habe mein Handy zu Hause „vergessen“. Habe die ganze Zeit Panik, dass Stefan Müller (Malo!) in der Titanic-Lobby auftaucht, erzaehlt, er waere mit seinem UFO hergeflogen, um mich an meine Konstantintrennungswünsche zu erinnern.

Das Meer ist wunderbar. Sagt Konstantin. War noch kein einziges Mal drin. Im Pool auch nicht. Ben gefaellt es hier. Es macht keinen Spass, Blog zu schreiben, wenn Mini-Vladimir dir die ganze Zeit über die Schulter guckt.

Wut

Veröffentlicht am Mittwoch, 28. September 2011 – 9:59

Mittlerweile bin ich einfach nur noch wütend. Auf dieses Arschloch. Wie er mit meinen Gefühlen gespielt hat. Über Wochen! Er hat mir irgendeinen beknackten Kasten auf den Bauch gelegt und behauptet, mein Kind ist gesund und wird ein Maedchen. Okay, Respekt, er ist ein fünfzig/fünfzig Risiko eingegangen und hat richtig gelegen. Oder wollte er die Nummer eigentlich eh nicht so lange durchhalten, aber weil ich so schön bescheuert alles geschluckt und mitgespielt habe, hat er einfach weitergemacht? Klar, ich waere auch mit ihm ins Bett gegangen. Spaetestens dann haette er wahrscheinlich einen Aetsch-Baetsch-Lachanfall bekommen und sich geoutet (Abi 92). Was für ein kranker, armer Typ. Er tut mir leid. Echt. Er tut mir echt leid. Und selbst wenn er jetzt angekrochen kaeme und erzaehlte, am Anfang war es ein Witz, aber er hat sich dann wirklich in mich verliebt, wie sie das in Hollywood-Filmen immer machen: Er kann mich mal! Er kann mich wirklich mal.

Ich geniesse jetzt diesen Urlaub. Ich geniesse meine Familie. Und diesen Urlaub. Klar, mit Konstantin muss einiges geklaert werden, der hat eine Menge Fehler, aber eins kann man ihm wirklich nicht vorwerfen: Er lügt nicht. Er ist aufrichtig. Er ist so, wie er ist. Und er liebt mich. Trotz allem. Er hat gemerkt, dass ich unser All-Inclusive-Hotel fürchterlich finde und etwas richtig Cooles gefunden: Wir gehen jetzt tagsüber an einen Strand für die Antalyaner. Mit cooler Musik, netten, kinderfreundlichen Leuten und herrlich bequemen „Betten“.

Wenn man da frühmorgens hinkommt, das Wasser glasklar ist und man frisches Obst gebracht bekommt – das ist schon fast ein Luxusurlaub! Und irgendwie hat Konstantin es sogar geschafft, in der Türkei mineralische Sonnencreme für Ben zu besorgen. Schade, dass wir Freitag schon wieder zurück nach Berlin müssen. Wirklich schade.

Heim

Veröffentlicht am Samstag, 1. Oktober 2011 – 10:29

Wir sind wieder in Berlin. Seit gestern. Leider. Ist ja meistens so: Wenn man nichts erwartet, wird's am schönsten. Gut, ich habe ein paar Tage gebraucht, um mit der All-Inclusive-Welt klarzukommen und den Horror aus Berlin hinter mir zu lassen, aber dann war's wunderschön! Mit Ben am Strand. Oder Dienstagabend. Da waren wir in Aspendos und haben uns eine spektakuläre Troja-Aufführung in einem offenen Theater angeschaut.

Aber der Knüller war unser letzter Abend. Konstantin hat alles organisiert, ohne dass ich etwas mitbekommen habe. Erst einmal: Einen Babysitter. Und zwar nicht irgendeinen, sondern das Mädchen aus dem Service vom Lara-Strand, dem Ben seit Tagen verfallen war und ständig hinterherdackelte, weil sie ihn aber auch herzallerliebst geknuddelt und geknutscht hat. Als sie vor unserer Hotelzimmertür stand und Ben laut kiekste vor Freude, waren meine Bedenken gegen den fremden Babysitter im fremden Land im Keim erstickt. Dann sind wir in den alten Hafen von Antalya gefahren, wo es das einmalig gelegene Restaurant Arma gibt. Man sitzt im Freien über dem Meer mit Blick auf die Bucht. Es gibt vorzüglichen Fisch und laut Konstantin auch gute türkische Weine. Und während wir uns endlich mal ausgesprochen haben über all das, was in den letzten Monaten schiefgelaufen ist, fand um uns herum eine wunderschöne Hochzeit statt. Mit Feuerwerk, Tanz und elegant gekleideten, gut gelaunten Menschen.

Unweigerlich wurden wir an unser Fest damals in einem kleinen „Schloss“ außerhalb von Berlin erinnert, das so perfekt verlaufen ist. Wir waren verdammt glücklich zu der Zeit. Konstantins Restaurant war neu und cool, ich liebte meinen Job, wir reisten spontan jeden zweiten Monat irgendwohin, selbst wenn es nur für ein Wochenende war. Und standen unendlich aufeinander. Genau darüber plauderten wir ausgiebig am Donnerstag im Arma. So ausgiebig, dass wir in der Nacht danach wenig geschlafen und hoffentlich den armen Ben nicht verstört haben. Aber so viel ich mitbekommen konnte, schlief er tief und fest. Das war das erste Mal seit Beginn der Schwangerschaft, dass wir überhaupt wieder Sex hatten. Und es fühlte sich gut an. Richtig.

Als wir in Berlin ankamen, fand ich erst einmal zahllose Anrufe von Malo/Stefan Müller auf meinem zurückgelassenen Handy. Und eine Nachricht. Wieso ich mich nicht melde. Wieso ich jetzt offensichtlich doch in die Türkei gefahren bin. Was das alles zu bedeuten hat. Er klingt sauer. Gut. Sehr gut. Ich weiß, dass ich mir seine Version anhören muss. Es gab Momente in Antalya, in denen ich dachte: Einfach ausradieren, vergessen, bloß nicht wieder irgendwas anfangen mit dem Psycho. Aber der Abend mit Konstantin hat mir geholfen: Ich bin stark genug. Stark genug, mit Konstantin an unserer Beziehung zu arbeiten. Und stark genug, um mir den Blödsinn von meinem Lieblingspsychopathen Malo/Stefan Müller anzuhören. Deswegen habe ich ihm eben eine SMS geschrieben und … siehe da … er antwortet schon. Wir treffen uns morgen Nachmittag. Auf dem Spielplatz.

And so you're back from outer space …

Veröffentlicht am Montag, 3. Oktober 2011 – 16:02

Als er gestern auf den Spielplatz kam, war ich doch ganz schön nervös. Auch wenn ich mir tausend Mal geschworen hatte, dass ich mich nicht wieder von seiner Erscheinung beeindrucken lassen will. Es war aber auch extraschwer: Mit ernstem Gesichtsausdruck ist er noch attraktiver. Er war sauer. Und musste sich sehr zusammenreißen. Er hatte offensichtlich keinen Schimmer, warum ich ihn nach unseren gemeinsamen romantischen Plänen, die an selber Stelle geschmiedet worden waren, nicht mehr angerufen geschweige denn getroffen hatte.

Er wusste also noch nichts von Harald aus Bielefeld, der mir über den Weg gelaufen war. Und der das ganze Bild vom großartigen Außerirdischen Malo mit den Worten „Abi 92" zertrümmert hatte. Was an und für sich nicht so schlimm gewesen wäre. Ich brauche keine Aliens in meinem Leben. Aber ich hatte Malo geglaubt, vertraut, mich fallen gelassen. Gestern auf dem Spielplatz fiel erst einmal er: „Du hast wen getroffen?", fragt er ungläubig, als ich ihm von meiner Begegnung der vierten Art erzähle.

„Deinen Kumpel Harald aus Bielefeld."

Sein Gesichtsausdruck ist nicht: Ertappt! Sondern eher: What-the-fuck? Aber ein guter Schauspieler war er ja bisher auch mit seinem Ich-kann-in-deinen-Bauch-gucken-Kästchen. Also erzähle ich ihm alles. Vorwurfsvoll. Haarklein. Ich habe vorher extra noch einmal meinen eigenen Blogeintrag darüber gelesen. Malo hört zu. Ohne Regung in seinem Gesicht. Am Ende sagt er lange Zeit nichts. Er ist wütend. Das ist nun deutlich zu erkennen. Ich werde unsicher. Schließlich blickt er mich an, wie nur er das kann, und sagt: „Es tut mir leid."

„Es tut mir leid, dass ich dich verarscht habe?", frage ich leicht gereizt.

„Nein, ich habe dich nicht verarscht. Dieser ‚Harald' … Wir hatten in den letzten Wochen schon andere Anzeichen …"

Er tut sich schwer. Irgendwie ist ihm unangenehm, was er sagen muss. Das „wir" lässt mich nichts Gutes ahnen. Noch mehr E.T.-Kram? Dann kommt es: „Es gibt so etwas wie eine Opposition auf unserem Planeten. … Du bist wahrscheinlich ihrem Anführer Vigo begegnet. Das ist der Einzige von ihnen, der eure Sprache spricht. Sie … Sie finden das nicht gut, was wir hier machen. Sie …"

Er verstummt. Grübelt, wirkt nun weniger wütend als aufgebracht. Ich habe wieder dieses Gefühl, das ich im Zusammenhang mit ihm nur zu gut kenne: Ratlosigkeit. Was in aller Welt soll ich aus diesem Typen machen? Ich meine: Lügt der jetzt wirklich weiter? Erfindet er jetzt hier kurzerhand einen Krieg der Sterne, um sein beknacktes Spiel weiterspielen zu können? Oder habe ich ihm Unrecht getan? Und … Aber wo stehe ich dann? Und wieso findet die Opposition vom Mars es nicht gut, was Malo hier macht? (Wieso nenne ich ihn eigentlich die ganze Zeit schon wieder Malo?)

Na ja, mit all diesen Gedanken lässt er mich dann allein. Er schaut mich noch einmal eindringlich an. Erklärt, dass das jetzt eine echte Krise ist und er zum Führer muss. Ich soll niemandem vertrauen. Und gut auf mich und Ben aufpassen. Er meldet sich so bald wie möglich. Bevor er geht, legt er noch seine Hand auf meinen Arm. Warm, fest, Halt gebend. Und sagt aufrichtig, wie ein Mensch nur aufrichtig sein kann: „Du musst mir glauben! Ich komme nicht aus Bielefeld!“

Beweise

Veröffentlicht am Mittwoch, 5. Oktober 2011 – 11:54

Gut. Es ist genug über Bielefeld gesprochen worden. Manche denken ja, dass es die Stadt noch nicht einmal gibt. Mein Außerirdischer wollte mir zumindest weismachen, dass er nicht von dort kommt, sondern wirklich von einem anderen Planeten. Als ich ihn gestern Nachmittag erneut getroffen habe, war eins klar: Es müssen jetzt Beweise her, dafür, dass Malo nicht von dieser Welt ist.

Ich komme also fest entschlossen und aufgeplustert zu unserem Treffen am Spielplatz. Habe mir eine Rede zurecht gelegt, nach der er – da bin ich mir sicher – einfach nur einknicken kann und endlich zugeben wird, dass seine ganze Geschichte von wegen „Ich bin gekommen, um die Erde besser kennenzulernen“ ein ganz, ganz mieser Spaß ist, dessen Opfer nun mal leider ich geworden bin.

Er sitzt auf „unserer“ Bank. Ernst, ruhig. Sehr attraktiv. Aber: Es wirkt nicht. Ich lasse mich nicht beeindrucken. Dummerweise Ben schon, der jedes Mal vor Freude ausflippt, wenn er Malo sieht. Wenn man sich vorgenommen hat, ein tödlich ernstes Wort zu reden, ist es schon doof, wenn ein fast Zweijähriger neben einem hopst und die ganze Zeit „Ben liiiiiebt Malo“ ruft. Ich blende es aus, schaue Malo vernichtend an und will gerade ansetzen, da nimmt er meine Hand, setzt mich wie ein kleines Mädchen neben sich und sagt: „Bevor du etwas sagst, guck dir das an!“

Was dann passiert ist … Das kann ich unmöglich beschreiben. So etwas habe ich noch nie erlebt und … Ich habe noch eine Stunde nach dem Treffen gezittert. Es ging alles sehr schnell, aber ich versuche trotzdem mal, eine Ahnung davon zu vermitteln: Malo hat plötzlich das berühmte schwarze Glitzerkästchen in der Hand, mit dem er auch schon „diagnostiziert“ hat, dass mein ungeborenes Baby gesund ist. Das Kästchen hält er kurz an meine Schläfe, dann drückt er es mir in die Hand. Ich soll reingucken. Erst sehe ich nur ein komplett schwarzes Display – wie immer. Doch dann … Also …

Danach kann man nicht mehr von „sehen“ sprechen. Ich war plötzlich mit allen Sinnen in einer anderen Welt. Ich flog durch eine Landschaft von solch einer Schönheit, dagegen ist ein Kameraflug bei „Herr der Ringe“ ein Witz. Ich wusste, dass es seine Welt ist. Sein Planet. Es war alles vertraut, aber auch fremd. Ich sah Gebäude und Bauwerke, die ich nicht verstand. Menschen, nicht viele, aber doch einige. Wunderschön, alle in sich ruhend. Und mit der Natur um sich herum im Reinen. Ich … Ich kann es nicht beschreiben. Es war noch so viel mehr. Und ich war dort! Nur ein dumpfes „Ben liiiiebt Malo“ im Hintergrund ließ mich erahnen, dass ich unsere Welt nicht wirklich verlassen hatte. Keine Ahnung, wie lange ich dort unterwegs war.

Als Malo mich „zurückholt“ und ich wieder auf dem Spielplatz am Chamissoplatz sitze, bin ich voller Sehnsucht und ziemlich verwirrt.

Ich würde sagen, dass es als Beweis ausreicht. So ein Gerät, so eine Projektion, solche Bilder … Das gibt es auf dieser Welt nicht. Wir sind Lichtjahre hinterher.

Selbst Apple hat ja gestern nicht mal ein iPhone 5 präsentiert. Woher soll dann so ein Zauberkästchen kommen?

Malo ist nicht überrascht, dass ich geflasht bin. Er kommentiert die Bilder mit keinem Wort. Er sagt in seiner ruhigen Art nur:

„Es kann sein, dass du noch eine Weile die Bilder siehst. Das geht aber vorbei."

Aha. Ich kann nicht antworten. Ich bin wie ausgeknockt. Mein Ärger und meine „tödlich ernsten Worte" sind vergessen. Ich höre nur noch zu. Er berichtet mir, dass der oppositionelle Vigo tatsächlich auf der Erde ist. Dass seine Aktion ein Störfeuer gegen Malos Auftrag ist. Eine Auseinandersetzung im Hintergrund, die mich aber nicht weiter belasten soll. Sie – also der Führer und er – haben alles im Griff.

Dann fragt er mich, ob wir nicht einfach da weitermachen können, wo wir vor diesem Störmanöver aufgehört hatten. Ich schaue ihn an und sehe: Er ist unsicher. Ihm geht es um was. Er versteht aber auch: Ich bin nicht in der Lage zu antworten. Nicht sofort. Nicht jetzt. Zu viel gibt es zu verarbeiten. Deswegen schlägt er vor, dass wir noch einmal einen Abend für uns haben. Er lädt mich am Samstag zum Essen ein. Ein Abend voller Luxus und Ruhe, um zu reden.

„Geht das?", fragt er mich unsicher.

Mir gefällt seine Unsicherheit. Sie berührt mich. Aber trotzdem: Ich muss erst einmal nachdenken. Das sage ich ihm auch.

Heute Abend werde ich mit Ben bei Konstantin im Restaurant sein. Konstantin ist reizend seit wir wieder hier sind. Er nimmt sich Zeit. Er ist aufmerksam. Wir arbeiten an uns. Ich muss das alles sortieren. Ich sage

Malo, dass ich mich melden werden und zerre Ben („Nein! Nein! Nein!“) davon …

Hadern

Veröffentlicht am Donnerstag, 6. Oktober 2011 – 16:48

Es ist spät geworden gestern Abend bei Konstantin im Restaurant. Ben macht immer noch Mittagsschlaf, deswegen schreib ich jetzt doch noch was. Dabei weiß ich immer noch nicht … Ich hadere schon den ganzen Tag mit mir (und den gestrigen), was ich jetzt wegen Malo machen soll. Er will mich am Samstag zum Abendessen einladen. Wir wissen alle, dass das letzte mit einem Kuss geendet hat. Trotz aller Distanz, die ich durch den Urlaub mit Konstantin nun erst einmal gewonnen habe: Ich bin mir nicht sicher, ob es an einem weiteren Abend bei einem Kuss bleiben würde.

Aber wo soll das hinführen? Ja, okay, ich glaube, dass Malo mich nie angelogen hat. Dass er wirklich etwas für mich empfindet. Und dass dieser Vigo, den ich getroffen habe, mich reinlegen wollte. Aber macht es das wirklich besser, dass nun feststeht: Mein Traummann kommt von einem anderen Planeten? Will ich mich wirklich damit auseinandersetzen, dass andere Außerirdische irgendeinen Kampf mit ihm kämpfen? Wir sind hier doch nicht bei Raumschiff Enterprise. Es geht um eine Beziehung!

Na ja, und da ist dann auch noch Konstantin. Er hat wirklich etwas verstanden. Viel mehr noch. Ich habe was verstanden. Sein pausenloses Arbeiten, seine ganze

Distanz, sein tapsiges Verhalten hat viel mit Überforderung zu tun. Konstantin war nie groß in Erklärungen oder Entschuldigungen, aber als wir gestern Abend in der Küche seines Restaurants saßen, alle sich reizend um Ben gekümmert haben und er ein sauleckeres Essen für uns hat machen lassen, da sagt er plötzlich unsicher: „Ich weiß nicht, wie das alles werden soll!“

So etwas habe ich noch nie von ihm gehört. Er macht sich wahnsinnige Sorgen, dass wir Ben und unserem kleinen Mädchen kein vernünftiges Leben bieten können. Er ist voller Selbstvorwürfe, was das Restaurant und den Wohnungskauf angeht (der bisher eigentlich immer meine Schuld war). Er zermartert sich regelmäßig das Gehirn. Wegen uns. Wegen unserer Familie. Ich habe das alles nicht gesehen.

Und dann passiert auch noch das: Plötzlich ruft Ben laut: „Ben liiiiiebt Malo!“

Mitten in die emotionalen Offenbarungen von Konstantin. Der achtet erst mal nicht drauf, aber Ben macht immer weiter, da kann ich zehn Mal erklären, dass Papa und Mama ein ganz wichtiges Gespräch haben.

„Ben liiiiiebt Malo!“

Irgendwann ist dann auch Konstantin entnervt und fragt, was denn „Malo“ ist. Ich versuche erst, es auf „Mayo“ umzulenken, aber die haben sie natürlich in der Küche da und ehrlich gesagt hasst Ben Mayo. Das wird zu einem richtigen Desaster mit kreischendem Kind und so, bis mir „einfällt“, dass Ben ja ein neues Stofftier hat und „ja, ich glaube, das nennt er ‚Malo‘. Keine Ahnung, wie er auf so einen schrägen Namen kommt.“

Auf jeden Fall ist die intime Situation vorbei, und ich komme mir schlecht vor mit meinen ganzen Lügen, und weil ich Konstantin so verarsche, während er sich abstrampelt.

Als ich dann heute bei Baby-Walz war, um Ben tatsächlich ein neues Stofftier zu kaufen (das er natürlich komplett ignoriert), fühlte ich mich noch schlechter. Und für so einen Abend mit Malo müsste ich ja weiterlügen. Ich bräuchte einen Babysitter, das kann ich nicht verheimlichen. Also muss ich Anja einweihen, quasi als Alibi für den Abend. Und …

Ach, Mann. Was mache ich mir vor? Am Ende mache ich es ja doch. Ich rufe jetzt Malo an. Punkt.

Der Abend

Veröffentlicht am Sonntag, 9. Oktober 2011 – 11:17

Ich hätte absagen sollen. Einfach absagen. In dem Moment, als der Babysitter mir abgesagt hat, hätte ich Malo anrufen und unser Date verschieben sollen. Aber ich hatte schon so viel Energie in die Vorbereitung des Abends gesteckt, dass ich gar nicht auf die Idee kam, ihn nun sausen zu lassen. Vor allem hatte ich Konstantin bereits angelogen – er dachte, ich gehe mit meiner Freundin Anja essen. Und das wollte ich nicht noch einmal machen müssen.

Aber von vorne: Gestern sollte der große Abend sein. Nach dem ganzen Hin und Her der letzten Wochen mit unserem ersten Kuss, dem großen Schock, dass alles nur eine fiese Lüge war, und der plötzlichen Erkenntnis, dass es das doch nicht ist, wollte ich nun wissen, wie es mit Malo und mir aussieht. Ist das Gefühl noch da? Gibt es eine minimale Chance, dass aus uns beiden etwas werden kann? Vor allem: Sind „wir" es wert, dass ich meine Ehe in die Tonne trete und im sechsten Monat schwanger meine Welt ernsthaft auf den Kopf stelle? Darum ging es.

Das Restaurant meiner Wahl war ein kleiner Italiener in Kreuzberg namens „Goldener Hahn". Anja hatte ihn empfohlen. Kleine Karte mit frischen Sachen, grandiose Pasta, coole Atmosphäre, chillige Musik. Das klang gut. Ich hatte („unterstützt" von Ben) drei Stunden damit verbracht, mich zurechtzumachen, mich letztlich doch für mein Lieblingskleid aus der letzten Schwangerschaft entschieden, das so schön locker fällt. Ich war bereit für den Abend.

Da ruft unser Babysitter Maren aus dem Krankenhaus an. Sie ist auf dem Weg zu uns mit dem Fahrrad in einer Tramschiene hängengeblieben und böse gestürzt. Es ist Gott sei Dank nichts gebrochen und es war auch keine Tram in der Nähe, aber für den Abend kann ich sie abschreiben. Es ist halb acht. Um acht sind Malo und ich verabredet. Wie gesagt: Ich hätte …

Bis alle Ben-loswerd-Alternativen verworfen sind, ich Ben angezogen habe und endlich im Taxi sitze, ist es dann halb neun. Eins muss man Malo lassen: Sein Date kommt eine Dreiviertelstunde zu spät und bringt unabgesprochen ihren (fast) Zweijährigen mit. Trotzdem geht bei unserem Erscheinen die Sonne in seinem Gesicht auf und man hat keine Sekunde das Gefühl, dass er sauer ist. Von den Männern, die ich sonst so kenne, würden neunundneunzig Prozent garantiert nicht so reagieren. Na ja, er kommt halt von einem anderen Stern.

Das Restaurant gefällt mir wirklich gut, wir einigen uns mit Ben darauf, dass alle die empfohlene Lasagne essen („Ben liiiiiebt Nudeln!"). Malo natürlich die vegetarische Variante. Und er nimmt es mir keine Sekunde übel, dass ich tote Tiere essen will. So fängt der Abend –

aufgelockert durch Ben auf Malos Schoß – noch ganz witzig und munter an. Irgendwann legt Malo sogar seine Hand auf meine und es fühlt sich verdammt gut an. Ja, das Gefühl ist noch da. Aber das Knistern baut sich natürlich nicht ganz so leicht auf, wenn ein Kleinkind die ganze Zeit Servietten in Malos Wein tunkt, weil sie dann so schön rot werden.

Gott sei Dank hat man im Restaurant einen Kinderstuhl und etwas zum Malen, so dass wir irgendwann Ben sogar ein wenig vergessen können. Und endlich reden. Malo erklärt mir sehr aufrichtig und in wunderschönen Worten, wie ich sein Leben verändert habe. Gefühle in ihm erwecke, die er nicht kannte, weil sie in seiner Welt so gut wie gar nicht existieren. Vor allem der Wunsch, gegen jede Vernunft, gegen jede Kalkulation dem anderen nah sein zu …

Als er an diesem Punkt ist und es nun wirklich knistert, können wir leider nicht mehr länger ignorieren, wie merkwürdig Ben in seinem Stuhl sitzt. Er sitzt eigentlich nicht, sondern hockt auf die Arme gestützt da wie ein Skifahrer bei der Abfahrt. Und hat einen Gesichtsausdruck, der zwischen extrem angestrengt und verzweifelt schwankt. Es ist süß und entsetzlich zu gleich. Mir fällt wieder ein, was ich dem Babysitter eigentlich sagen wollte: Der Junge hat seit zwei Tagen kein „Kacki“ gemacht – eine kleine Verstopfung. Und jetzt, nun ja, versucht Ben mit aller Gewalt loszuwerden, was er loswerden muss. Es tut weh. Ben weint. Wehrt aber jeden Versuch hysterisch ab, wenn man ihn irgendwie anfassen will. Wobei ich eh nicht weiß, wie ich ihm helfen kann. Man kann eigentlich nur warten. Das tun wir. Hat jemand schon mal versucht, ein Leben veränderndes Liebesgeständnis zu machen (bzw. zu bekommen), während nebenan ein winselndes Kleinkind mit hochrotem Kopf versucht, einen Haufen zu machen? Genau! Es geht nicht!

Aber das war noch nicht alles: Während jetzt also sogar Malo ins Schleudern gerät und ich mir ernste Sorgen um Ben mache (kann da was reißen?), haben wir das Essen bekommen und beginnen nun damit, um die Unmöglichkeit der Situation zu überspielen. Bis ich nach einigen Bissen merke, dass meine Lasagne seltsam fad schmeckt. So … fleischlos. In dem Moment sehe ich, dass Malo mindestens genauso rot anläuft wie Ben. Malo hat nämlich gerade zum ersten Mal in seinem Leben Fleisch gegessen. Als er dann in Panik gerät, denke ich noch: Jetzt übertreibt er aber wirklich etwas mit seinem „Antitiertöten", da erklärt er mir nach Luft schnappend, dass er sofort Hilfe braucht. Genau wie bei uns den Japanern ein Enzym fehlt, um Alkohol abzubauen, fehlt den Leuten auf seinem Planeten irgendwas, wodurch man mit Fleischkonsum klarkommt. Wir haben wegen Ben eh schon die Aufmerksamkeit des halben Restaurants. Als Malo nun aufspringt, sein Stuhl umkippt und er mit einem flehenden „Es tut mir leid" aus dem Restaurant rennt, schauen mich alle an. In dem Moment ruft Ben verzweifelt, aber letztlich auch erleichtert unter Tränen und so laut wie ich ihn noch nie etwas habe rufen hören: „Kaa-kiiii". Er hat es geschafft. Endlich! Er lässt sich erschöpft in seinen Sitz plumpsen und fragt lieb: „Malo weg?"

Ja, Malo ist weg. Wie vom Erdboden verschwunden. Er ist nicht auf der Straße. Die italienischen Kellner, denen ich irgendwas von einer Allergie vorfasele, finden ihn auch nicht um die nächste Ecke. Ich habe richtig Angst um ihn. Und mir wird schmerzhaft bewusst, dass ich im Grunde nichts, aber auch gar nichts über ihn weiß. Meine Phantasien gehen von „Ist wegen akutem

Fleischbefall explodiert“ bis zu „Hat sich auf ein Raumschiff gebeamt für eine Notoperation“. Mir wird klar: Das ist absurd! Ich kann das nicht. Ich brauche nicht noch mehr Ängste, noch mehr Unsicherheit, noch mehr Chaos in meinem Leben. Dieser Vorfall wäre ja nur die Spitze des Eisbergs, wenn wir tatsächlich versuchen würden, mehr aus uns zu machen. Es geht hier nicht um Romeo und Julia, die Eltern sind dagegen. Hier prallen im wahrsten Sinne des Wortes zwei Welten aufeinander!

Es kam dann doch noch eine SMS, in der Malo sich endlos entschuldigte und erklärte, dass es ihm schon wieder besser geht. Er wird sich melden. Na ja. Ich habe dann gezahlt und die Lasagne von Ben mit nach Hause genommen. Und während Konstantin heute Morgen mit Ben im Zoo ist, warte ich mal wieder darauf, dass Malo sich meldet …

Stiche

Veröffentlicht am Dienstag, 11. Oktober 2011 – 16:09

Ich sitze hier in unserem Schlafzimmer, während Ben neben mir schläft. Tippe, so leise es geht. Der arme Kleine hatte heute Nacht Fieber, die Nase ist jetzt komplett zu und als er eben Mittagsschlaf machen sollte, hat er herzergreifend geweint, weil er nicht einschlafen konnte. Habe ihn dann mit zu mir ins große Bett genommen, wo er nach gefühlten einhundert Rollen vor und zurück und einer Stunde Warten endlich eingeschlafen ist. Weil ich Angst habe, dass er im Schlaf aus dem Bett purzelt, bleibe ich jetzt bei ihm …

Ich schulde noch den Bericht von gestern. In aller Kürze: Wir waren bei der Feindiagnostik. Konstantin und ich. Dem Baby geht es ausgezeichnet. Alle Organe und Körperteile sind so, wie sie sein sollen, und am richtigen Platz. Ich habe das eher entspannt zur Kenntnis genommen, weil Malo dies ja bereits vor Wochen „diagnostiziert“ hatte, aber als ich beim anschließenden Arztgespräch zu Konstantin herüberschaue, dachte ich, ich spinne: Er hatte feuchte Augen! Mein Konstantin! Der weint allerhöchstens, wenn die Hertha absteigt oder am Ende von „Forrest Gump“ und selbst das ist eher „ironisch“. Sagt er. Auf dem Weg zum Auto habe ich ihn darauf angesprochen. Und ja: Er hat all die Wochen, seit wir diese schlechten Werte bei der NT-Messung bekommen haben, echt Angst gehabt, mit unserem Mädchen stimmt was nicht. Bei ihm arbeitet ein Koch, der aus so einer Feindiagnostikuntersuchung mit drei sogenannten Softmarkern gegangen ist – und dann ein behindertes Kind bekommen hat. Das schwebte nun die ganze Zeit als Schwert über Konstantin. Natürlich ist das nun immer noch nicht ganz ausgeschlossen, aber diese Untersuchung hat ihn wahnsinnig erleichtert. Er nahm mich in die Arme, als ob wir gerade den Krieg überlebt hätten. Es war … nah. Wirklich nah.

Und keine gute Voraussetzung für das Treffen mit Malo danach. Den sollte ich nämlich treffen, während Konstantin mit Ben ins Technikmuseum ging. Malo war mir unheimlich zugewandt und so charmant wie immer. Er erklärte mir lang und breit, wie unangenehm ihm die Geschichte mit dem Fleischanfall war. Und dass er sich nicht verzeiht, dass er einfach davongelaufen ist, ohne sich zu erklären. Aber es ging um Minuten. Er kann ersticken. Er fing dann an, irgendwelche Vergleiche zu Wespenstichen in der Luftröhre zu ziehen, aber ich merkte: Ich höre gar nicht richtig zu. Ich war in Gedanken noch bei Konstantin. Und ich spürte: Das wird nix. Das habe ich dann auch gesagt: „Das wird nix!“

„Was?“, fragte er, mitten in seinem Monolog gebremst.

„Mit uns. Das … das ist mir alles zu viel. Deine Welt. Und … ich kann meine nicht einfach so … aufgeben. Konstantin und ich … wir waren mal ein richtig schickes Paar. Wir haben gerockt! Das … Ich … Ich glaube, es ist besser, wenn wir uns nicht mehr sehen.“

Es war eines der wenigen Treffen, bei denen wir nicht nur alleine waren, sondern auch mal Zeit hatten. Ich beendete es nach zehn Minuten. Und ging. Malo war unfähig zu reagieren. Das ist der Stand der Dinge.

Alles auf Anfang

Veröffentlicht am Donnerstag, 13. Oktober 2011 – 16:44

Horror! Totaler Horror! Ich bin echt down! Schon den ganzen Tag. Seit ich heute Morgen … Das ist genau das, was ich nicht wollte. Ich habe jetzt schon neun Kilo mehr drauf. Neun Kilo! Bei Bens Schwangerschaft hatte ich in der Zweiundzwanzigsten Woche noch keine sieben Kilo zugenommen. Und was habe ich geschuftet, um das wieder runterzubekommen. Und gerade war wieder alles top: Zack, noch mal schwanger. Und jetzt das!

Wenn ich so weitermache, wiege ich am Ende zwanzig Kilo mehr. Das bekomme ich nie wieder runter. Elf Kilo soll man maximal zunehmen! Bei Ben waren es fatalerweise fünfzehn! Konstantin hat sich damals an den Rand einer Ehekrise gebracht, weil er mir erklärt hat: Ich soll das mit den elf Kilo nicht so ernst nehmen. Ich bin ja auch so schon etwas „voller“. Voller! Da kann er dann noch so oft faseln, wie sexy er das findet und … Boah!

Okay, aber eigentlich wollte ich darüber gar nicht so viel schreiben. Es ist halt nur … Das fehlt mir gerade noch!

Mit Malo sieht es so aus: Er hat mir am Spielplatz aufgelauert. Gestern. Also kein böses Auflauern und so richtig überrascht war ich auch nicht. Ben hat sich sowieso ein Loch in den Bauch gefreut …

Bauch, genau! Wenn ich wenigstens einen vernünftigen Bauch hätte! Bei Ben sah ich komplett anders aus. Das war ein eindeutiger Schwangerenbauch. Aber jetzt: Der ist gar nicht so groß. Wo habe ich denn das alles zugenommen? Im Gesicht? An den Beinen? … Also, Mann! … Na ja …

Malo war ziemlich distanziert. Nicht unfreundlich, eigentlich sogar wieder sehr charmant, aber eher so, wie ich ihn kennengelernt habe. Er ist dann auch mit keinem Wort auf das Desaster am Samstag eingegangen oder darauf, dass ich „Schluss gemacht“ habe, sondern er fragte nur freundlich, wann wir denn eigentlich unsere Treffen wieder aufnehmen, bei denen ich ihm die Welt erkläre. Das ist ja nun eindeutig zu kurz gekommen in den letzten Wochen. „Alles andere“ könnte ja man einfach vergessen.

Nun. Auch wenn ich ja generell dafür bin, dass wir freundlich zu Außerirdischen sein sollten und ich ihnen ja auch unbedingt erklären möchte, wie wir hier so ticken: Kann man „alles andere“ vergessen? Bei ihm schien es so. Er hat mir Ben rumgealbert wie in alten Zeiten und war zu mir einfach nur nett. Kein Kribbeln, gar nichts. Also habe ich mir gesagt: Probieren wir es! Er kommt Samstag vorbei. Wie früher.

Aber was mache ich jetzt mit meinem Gewicht? Ich kann ja nicht in der Schwangerschaft eine Diät machen? Vielleicht haben die irgendein Zaubermittel auf Malos Planet. Zumindest für hinterher. Mann, Mann, Mann! Neun Kilo! Jetzt schon!

Abseits

Veröffentlicht am Donnerstag, 20. Oktober 2011 – 10:34

Ich hasse Fußball. Gerade mal wieder so richtig. Warum? Wir waren krank. Alle. Erst Ben, dann Konstantin und schließlich auch ich. Grippe, Erkältung, nicht so schlimm, aber nervig und anstrengend, besonders wenn man schwanger ist. Daher war ich Konstantin sehr dankbar, dass er sich ein paar Tage krankgeschrieben hat – um sich um Ben zu kümmern. Obwohl es ihm selbst ja auch nicht gut ging. Er hat eine Menge Punkte gesammelt in der letzten Zeit. Bis zu dem Tag, an dem er sich „FIFA 12“ bestellt hat.

Mein Mann war offensichtlich der Meinung: Wenn er eh untätig zu Hause ist, kann er doch auch mal dieses Spiel ausprobieren, von dem ihm seine Köche ständig vorschwärmen. Man muss sagen: Die Köche hatten vollkommen recht. Das Spiel ist tatsächlich der Knaller. Für Konstantin. Er war überhaupt nicht mehr davon wegzubewegen. Offensichtlich spielt man online gegen irgendwelche anderen Typen in England oder Brasilien. Und da dies live geschieht und man ganz wahnsinnig wichtige Punkte verliert, wenn man so ein Spiel unterbricht, habe ich in den letzten Tagen einen Satz hassen gelernt: „Mach ich, wenn das Spiel zu Ende ist.“ Mein Leben war plötzlich nach der Dauer eines Online-Fußballspiels getaktet. Das ist nicht schön. Nicht, wenn man nach wir vor krank ist, schwanger dazu, dafür das Kind aber schon wieder fit und unternehmungslustig.

Wenn Konstantin sich dann mal um Ben „gekümmert“ hat, saß der auf seinem Schoß und durfte „Fußball gucken“. Was Ben dummerweise gerne macht. Hinzu kam, dass Konstantin wohl nicht besonders gut in dem Spiel war, immer verbissener wurde und trotz Grippe noch nachts um drei vor der Kiste saß, um endlich auch mal zu gewinnen. Hat er dann natürlich nicht und am nächsten Morgen entsprechend schlechte Laune, bis er endlich wieder vor die Kiste durfte.

Gott sei Dank war Konstantin Dienstag einigermaßen fit und ging abends wieder ins Restaurant. Mittwoch hat er sogar normal gearbeitet. Ich war kurz davor, dies zu nutzen, um die Xbox aus Versehen aus dem Fenster zu schmeißen. Aber stattdessen hatte ich endlich wieder ein Treffen mit Malo. Den ich vermisst habe, auch wenn in der letzten Zeit alles so schwierig war.

So, dann saßen wir also gestern Nachmittag da in meinem „Arbeitszimmer“. Malo und ich. Ben schlief. Es war wie in alten Zeiten. Vanessa erklärt ihrem Lieblingsaußerirdischen heimlich die Welt. Nach ein wenig Vorgeplänkel über die Weltereignisse der Woche, sagt er, dass ihm da noch ein Thema unter den Nägeln brennt. Gerade in der letzten Zeit. Ich bin mir sicher, er kommt auf Occupy-Irgendwas zu sprechen. Denn er hat mal gesagt, dass auf seinem Planeten der Besitz „mehr oder weniger“ gleich verteilt ist. Dann muss ihn die Situation hier ja verwundern. Aber nein, darum geht es nicht. Sondern:

„Was hat es mit diesem ‚Fußball' auf sich?"

Ich gehe innerlich in die Knie. Natürlich ist es sympathisch, dass es dieses beknackte Spiel auf Malos Planet nicht gibt. Ein Grund mehr (neben der Besitzverteilung und dem Geruch der Männer), dahin auszuwandern. Aber dass er ausgerechnet jetzt mit dem Thema anfängt!

Nun ja, ich habe mich dann redlich bemüht, ihm zu erklären, warum Millionen Menschen wie geisteskrank mehrfach die Woche zugucken, wie Männer einem Ball hinterherrennen. Ich war nicht sehr überzeugend. Er hat die Begeisterung nicht nachvollziehen können. Punkt für ihn. Er gab aber keine Ruhe und wollte zumindest die Regeln erklärt bekommen.

Leute, ich habe nie verstanden, warum immer so ein Bohei um Frauen und die Abseitsregel gemacht wird. Mein Vater hat sie mir als Kind erklärt, seitdem weiß ich sie. Das ist keine Astrophysik! Dachte ich. Bis ich versucht habe, sie Malo zu erklären. Er hat sie nicht verstanden. Es war rührend. Am Ende saßen wir da mit Bens Schlümpfen und ich habe mehr oder weniger ein komplettes Fußballspiel simuliert. Ich! Na ja. Zumindest haben wir viel gelacht und ich habe das Gefühl, dass es mit Malo und mir wieder gut ist. Freundschaftlich. Im Sinne der Planetenverständigung.

Abends kommt Konstantin etwas früher als sonst nach Hause. Ich habe die Schlümpfe noch nicht weggeräumt. Zweiundzwanzig Schlümpfe, auf jeder Seite eine Hustenbonbonschachtel und eine Murmel in der Mitte.

Konstantin: „Was ist das denn?"

Ich: „Weiß nicht. Von Ben."

Konstantin (baff und auch etwas stolz): „Ben hat das alleine aufgebaut?"

Konstantin steht da. Ich sehe es in seinem Gesicht rattern. Er ist kurz davor, skeptisch zu werden und weitere Fragen zu stellen. Er würde mir nie im Leben glauben, dass ich das einfach so aufgebaut habe. Also sage ich ganz lieb:

„Schatz, ich geh früh ins Bett! Kannst ja noch ein bisschen ‚FIFA 12' spielen, mh?"

Damit war die Diskussion Gott sei Dank beendet.

Pferde stehlen

Veröffentlicht am Montag, 24. Oktober 2011 – 13:13

Ich weiß nicht, wie lange ich schreiben kann. Konstantin hat heute seinen freien Tag. Er sitzt nebenan und spielt dieses beknackte „FIFA 12". Aber ich muss einfach schreiben. Wegen gestern.

Malo war da. Während Ben schlief und Konstantin im Restaurant war, saßen wir in meinem „Arbeitszimmer" und plauderten. Erst ganz harmlos. Ein bisschen über die ewigen Streitereien um den Euro, die Malo nicht so ganz versteht. (Ich allerdings auch nicht.) Ein bisschen darüber, dass man endlich mal einen geschnappt hat, der ständig Autos anzündet. Was Malo auch nicht so richtig versteht. (Und ich ja sowieso nicht.)

Also sitzen wir da so ohne Verständnis rum, dann kommt wieder sein mittlerweile sehr vertrautes „Ich habe mal eine Frage …"

Ich hoffe inständig, dass nicht wieder was mit Fußball kommt.

„Hast du mal ein Pferd gestohlen?"

Malo hat schon viele merkwürdige Fragen gestellt, aber die gehört jetzt zur Top Drei. Ich sage ihm, dass ich noch nie ein Pferd auch nur geritten habe, geschweige denn gestohlen. Ich wüsste auch gar nicht, was ich damit soll – es würde ja nicht mal auf unseren Balkon passen. Er nickt verstehend. Er weiß ja auch nicht, aber er beschäftigt sich zur Zeit mit der gegenseitigen Anziehung der Geschlechter auf unserem Planeten und dabei scheint das ja irgendwie eine Rolle zu spielen – das mit den gestohlenen Pferden. Langsam dämmert es bei mir:

„Hast du Kontaktanzeigen gelesen?"

Er nickt. Ich seufze. Der arme Mann. Aber ich bin total bei ihm: Mir war es immer schon ein Rätsel, wie man jemanden „zum Pferdestehlen" suchen bzw. sich selbst als toller Pferdestehler anpreisen kann. Für mich wäre allein die Formulierung ein Ausschlusskriterium.

Ich erkläre Malo also, dass das nur so eine abgegriffene Redensart ist. Niemand will wirklich Pferde stehlen. Hoffe ich zumindest.

„Aber was ist dann entscheidend bei der Wahl des Partners?"

Was soll man da sagen? Ich plappere etwas von Aussehen, Charakter, Humor und so. Aber letztlich ist es das ja alles nicht. Er nickt verstehend. Versteht aber nicht wirklich. Scheint ihm alles fremd zu sein. Mir wird klar, dass ich immer noch nicht weiß, wie das mit Partnerschaften auf seinem Planeten funktioniert. Die Unterhaltungen zu dem Thema waren schon immer schwierig. Aber da wir ja jetzt wieder einfach nur ganz tolle Kumpels sind (quasi zum Pferdestehlen), dachte ich mir, dass ich einfach mal nachhake:

„Wie geht denn das bei euch? Wir sucht ihr eure Partner aus?"

Er wird unsicher. Sicher sagt er gleich wieder, dass er nicht über seinen Planeten reden darf.

„Wir suchen sie nicht aus. Partner werden … zugeordnet."

Das ist ungewöhnlich offen. Aber auch verstörend.

„Wie?", frage ich. „Du kannst nicht selbst entscheiden, wen du … heiratest?"

„Ich muss es nicht selbst entscheiden. Es passt auch so. Ich … Ich darf darüber nicht reden."

Er wirkt plötzlich unsicher. Sehr unsicher. Aber ich Dummerchen halte nicht den Mund, sondern: „Das heißt, du … ihr … verliebt euch nie?"

Noch während ich die Frage stelle, merke ich, dass sie ein Fehler ist. Er schüttelt den Kopf, aber sein Blick sagt „Doch". Ich weiß genau, was er meint. ER kennt es, verliebt zu sein. Und mir wird klar: Er ist damit möglicherweise alleine auf seinem Planeten. Was für eine Verantwortung. Für mich! Plötzlich wird mir heiß. Und ich kann nur noch an unseren Kuss denken. Ihn fühlen.

‚Warst mal wieder in bisschen naiv, Vanessa. Das ist alles noch lange nicht durch', denke ich. Da passiert es: Die Tür zu meinem Arbeitszimmer öffnet sich. Zu den Hitzewallungen kommt nun auch noch ein gehöriger Schreck. Für den ersten Moment denke ich, Ben hat sich irgendwie aus seinem Gitterbettchen gestürzt, weil er seinen geliebten Malo gehört hat. Aber es ist nicht Ben. Es ist Konstantin. Der zum ersten Mal, seit er das Restaurant besitzt, unangekündigt nachmittags nach Hause kommt. Und sieht, wie seine Frau mit einem fremden Mann in ihrem „Arbeitszimmer" sitzt. Mit Hitzewallungen.

Konstantins Batterien sind alle. Also an seinem Controller von der Xbox, mit der er gerade „FIFA 12" spielt. Er will über gestern reden. Ich muss aufhören. Bald mehr.

Eingewöhnung

Veröffentlicht am Mittwoch, 26. Oktober 2011 – 11:20

Ich sitze hier mit meinem Laptop in der wunderschönen Brezel-Bar, trinke einen sicher sehr gesunden Tee mit frischem Salbei und frischem Ingwer. Ich bin alleine. Am Vormittag! Zum ersten Mal seit fast zwei Jahren!

Ich habe also quasi Lebensfreude. Was ich mir immer gewünscht habe. Aber eigentlich bin ich total durch den Wind. Nein, nicht wegen meines persönlichen Außerirdischen, der gerade mal wieder meine Welt auf den Kopf stellt (dazu gleich mehr), sondern weil Ben zum ersten Mal alleine in der Kita ist. Also nicht allein, da sind ja noch viele andere Kinder und Andrea, eine wunderbare Erzieherin, die er jetzt schon liebt. Aber trotzdem bin ich aufgewühlt. Seit Montag ist Eingewöhnung. (Mit einwöchiger Verspätung wegen unserer kollektiven Grippe.) Nachdem ich nun zwei Vormittage mit ihm gemeinsam in der Kita war, darf/soll/muss ich heute zum ersten Mal eine Stunde raus. Nein, er hat keine Sturzbäche geheult, als mein Abgang angekündigt wurde. Er hat „Tschü-üs" gesagt, gewunken und sich wieder der Holzeisenbahn zugewendet.

Damit ich mich jetzt nicht zu sehr damit beschäftige, wieso mich das aufwühlt (und Ben nicht), nun mein Bericht, wie das am Sonntag weiterging. Konstantin stand plötzlich in meinem „Arbeitszimmer", wo ich versucht habe, meinem Lieblingsaußerirdischen unsere Welt zu erklären. Beziehungsweise gerade feststellen musste, dass er noch immer Gefühle für mich hat. Und ich? Na ja. Erst einmal egal, denn da steht ja nun Konstantin, der von meinen regelmäßigen Treffen mit Malo nichts weiß. Natürlich hatte ich mir schon vor Langem eine Erklärung für einen solchen Fall ausgedacht. Versäumt hatte ich offensichtlich, diese Erklärung ausreichend mit Malo abzusprechen.

Meine erstaunlich souverän vorgebrachte Erklärung ist diese: Malo – den ich dann doch lieber mit seinem Fakenamen „Stefan Müller“ vorstelle – ist ein Fernsehproduzent für Dokus und so, der in Berlin eine neue Firma aufmachen will und eine Beratung braucht. Ein ehemaliger Kollege hat mich ihm empfohlen, weil ich vor einer gefühlten Ewigkeit ja selbst mal in der Branche gearbeitet habe. Und na ja, ich berate diesen mir ansonsten vollkommen fremden Mann nun also. Heute und auch nur heute. An der Stelle soll die Geschichte eigentlich aufhören. Malo alias Stefan spielt brav mit, die Männer schütteln sich die Hände. Konstantin scheint die Erklärung zu schlucken. Malo ist ihm sogar sympathisch.

Aber so ganz verstanden hat Konstantin dann doch nicht. Er fragt mich: „Also du hast die Stelle?“

Ich will gerade das Missverständnis aufklären, dass es nicht um eine Stelle, sondern um eine einmalige Beratung geht, da sagt Malo: „Natürlich! Ich kann mir keine bessere Mitarbeiterin vorstellen!“

Konstantin freut sich total: „Super! Das ist doch mal ’ne gute Nachricht!“

Ich: „Es geht aber gar nicht um eine Stelle! Wie denn auch? Ich bin schwanger!“

Konstantin: „Aber du hast doch noch zwei Monate bis zum Mutterschutz! Außerdem ist Ben jetzt in der Kita. Du hast Zeit."

Auf einmal ist es also etwas Gutes, dass Ben in die Kita soll. Das war nicht immer so. Für den Sinneswandel gibt es nur einen Grund: Konstantins Existenzängste. Das Geld! Während ich das realisiere, sagt Malo seltsam bestimmend: „Zwei Monate reichen vollkommen für den Aufbau der Produktion."

Konstantin zu Malo: „Klasse. Und wenn der Laden läuft, kann sie später … Wenn Lolle dann auch in den Kindergarten geht … Vielleicht kann sie dann fest bei Ihnen arbeiten."

Malo: „Sehr gerne. Wer ist Lolle?"

Seit wir wissen, dass wir diesmal ein Mädchen bekommen, hat Konstantin die fixe Idee, sie „Lolle" zu nennen. Darauf gehe ich jetzt besser nicht ein, sonst fliegt hier gleich mein Ingwer-Salbei-Tee an die Wand.

Schlimmer war sowieso, dass die beiden Männer meine berufliche Zukunft verhandelten. Ohne mich. Und vor allem: Ohne dass es wirklich eine Fernsehproduktion gibt. Zumindest dachte ich, das wäre ein Problem. Ist es aber nicht. Denn Malo hat, wie wir wissen, unendlich viel selbstgemachtes Geld. Wir suchen seit Sonntag ein Büro. Für seine Firma. Für seine ausgedachte Firma. Wo ich ab dem 1.11. arbeiten werde. Halleluja.

Die Stunde ist um. Ich darf zurück zu Ben!

Namen

Veröffentlicht am Freitag, 28. Oktober 2011 – 15:11

Das Problem bei der Namensvergabe für unser kleines Mädchen ist: Ich habe mich damals schon bei Ben durchgesetzt. Sonst würde der jetzt „Rolf" heißen. Kein Witz. Konstantin war der Meinung, dass man sein Kind „antizyklisch" benennen sollte. Also mit einem Namen, den zur Zeit garantiert keiner vergibt. Das war sein Hauptkriterium. (Und dass sein bester Kumpel im Kindergarten Rolf hieß.)

Er hat diese fixe Idee mit dem originellen Namen, seit sich einmal ein Koch bei ihm im Restaurant verletzt hat und er dessen Tochter von einem Kindergeburtstag holen musste. Konstantin hatte die Kleine vorher nur einmal kurz gesehen und dann gab's vier Mias vor Ort. Er hätte fast die Falsche mitgenommen, was zu unangenehmen Diskussionen mit den anwesenden Mamas geführt hat.

Auf jeden Fall habe ich ihm dann damals geschworen, dass Ben ein gar nicht so häufiger Name ist. Dummerweise ist der Name in 2009 auf Platz zehn der beliebtesten Jungennamen, in 2010 auf Platz drei und dieses Jahr führt er bisher die Liste an. Na ja. Konstantin hat mittlerweile auch diese Beliebtheitslisten entdeckt. Und so wird nun alles, was ich vorschlage, sofort gegengecheckt. Gleichzeitig beharrt er immer mehr auf „Lolle". Zugegeben: Der Name steht in keiner Hitliste. Aus gutem Grund. Gerade gibt es aber so eine Art Zeitfenster, in dem ich ihn vielleicht umstimmen kann. Weil er nämlich total happy ist, dass ich einen „Job" habe – und mein „neuer Chef" (=Malo) auch etwas befremdet auf den Namensvorschlag reagiert hat. Das liegt allerdings eher daran, dass der von einem anderen Planeten kommt, wo die Leute wie Hobbits heißen.

Zu der ganzen Jobgeschichte ein anderes Mal mehr. Wir haben jetzt ein Büro im Auge – gucken wir uns morgen an. Ich weiß selbst noch nicht, was ich davon halten soll. Im Moment hat die Namenssuche für unsere Tochter Priorität! Ich muss jetzt einen Namen bringen, den Konstantin auf Anhieb gut findet. Und mit dem ich auch etwas anfangen kann. Ich suche also Mädchennamen, die folgende Kriterien erfüllen: Für Konstantin dürfen sie auf keinen Fall in der Beliebtheitsliste und auch sonst nicht besonders häufig vorkommen. Dafür muss der Namen „cool" sein, was immer das heißen mag.

Für mich sollte es ein ein- oder zweisilbiger Name sein, nicht altbacken, international einfach aussprechbar (also nicht Heidrun oder so), nix, was man einfach veralbern kann (Astrid …) und vor allem nicht so ein „abgefahrener" Name wie „Harper Seven" oder … Lolle. Einfach ein schöner Mädchenname. Das wird sich doch finden lassen.

Lolle

Veröffentlicht am Sonntag, 30. Oktober 2011 – 16:45

Gestern habe ich versucht Konstantins Namensfavoriten „Lolle" aus der Bahn zu kegeln. Mit dem Ergebnis: Er besteht auf Lolle. Wir haben uns fies gestritten. Am Ende hatte er überhaupt keine Argumente mehr außer dem leider tödlichen: Bens Namen habe ich ausgesucht.

Und ja, ich muss zugeben, dass ich damals ziemlich kompromisslos war. Rumbekommen habe ich Konstantin nur mit dem Versprechen, dass er beim zweiten Kind den Namen aussuchen darf. Damals ging ich noch davon aus, dass Ben ein Einzelkind bleiben würde …

Die Stimmung war also ziemlich schlecht gestern, als ich mich mit Malo getroffen habe, um Räume für unser „Büro" zu besichtigen. Natürlich habe ich meinen ganzen Frust über Konstantin bei ihm abgeladen. Wahrscheinlich etwas zu vehement, denn dieses ganze Firmenprojekt habe ich noch nicht verdaut. Aber dazu ein anderes Mal mehr. Auf jeden Fall waren die Räume schön, sind in Fußentfernung von hier und Malos Hotel … Wir haben sie genommen. (Das ist alles so absurd!)

Zu Hause war die Stimmung nach wie vor nicht besser. Aber Konstantin lernt dazu in der letzten Zeit. Er ging also extra etwas später ins Restaurant und lud Ben und mich zum Eisessen ein. Das Wetter war ja gestern wirklich wunderschön. Und nicht weit von uns ist der beste Eisladen in ganz Berlin. Nachdem wir uns dort durch die mal wieder endlose Schlange gewartet haben, sitzen wir in den Sonnenstrahlen (!) und genießen das Eis. Neben uns sitzt ebenfalls ein Paar mit einer schwangeren Frau, was für Kreuzberg nicht ungewöhnlich ist. Und da ich nun allmählich auch einen Bauch habe, den man als „schwanger" identifizieren kann, kommen wir ins Plaudern.

Oh, die beiden bekommen auch ein Mädchen. Wie schön.

„Wie soll sie denn heißen?", fragt Konstantin.

Das Paar schaut sich an, grinst dabei verschworen. Dann sagt die Frau: „Lolle!"

Ich würde zu gerne ein Foto von Konstantins Gesichtsausdruck haben. Der war fix und fertig. Hat die ganze weitere Erklärung – von wegen wie cool der Name ist und ja auch ganz speziell und so – gar nicht mehr richtig mitbekommen. Er hat nichts mehr gesagt. Ich war klug genug, auch den Mund zu halten. Kurz bevor er später ins Restaurant gegangen ist, murmelte er schließlich: „Vielleicht müssen wir doch nochmal nach 'nem anderem Namen schauen!"

Hah!

So. Als wir heute morgen die geschenkte Stunde der Zeitumstellung im Bett verbracht haben, bin ich dann vorsichtig mit meiner Liste angerückt. Man merkte Konstantin immer noch den Schock an, dass „Lolle" nun also das neue „Mia" wird. Er hat sich nicht gegen eine Diskussion gewehrt. Sondern alle Namen angeschaut. Am Ende sind drei übrig geblieben, die er „ganz cool" fand. Tja, und die stehen nun also im Raum. Gleich drei Namen, die ich auch gut finde. Gott sei Dank.

Dana

Lucy

Marisa

Ach ja, und vorhin ist mir noch eins aufgefallen: Der Eisladen ist in Sichtweite von Malos Hotel. Und wenn mich nicht alles täuscht, ist das schwangere Pärchen mit dem obskuren Namenswunsch gestern genau von dort gekommen. Ich würde mich überhaupt nicht wundern, wenn ihnen jemand das Eis ausgegeben hätte …

Der Schrecken der Straße

Veröffentlicht am Dienstag, 1. November 2011 – 11:52

Ja, es ist Lucy geworden. Als ich Konstantin meine Entscheidung mitgeteilt habe, war er richtig glücklich. Cooler Name, erinnert ihn an Lucy Liu – die er total super findet – und selten ist der Namen auch. Na ja, er guckt Gott sei Dank nur auf die Top fünfundzwanzig …

Damit wäre diese Kuh auch vom Eis und ich freue mich jetzt auf die kleine Lucy, die Mitte Februar erwartet wird. Das heißt aber auch, dass ich noch lange nicht im Mutterschutz bin und deswegen kommen wir nun endlich zu dem Thema, das ich seit Tagen aufschiebe: Mein neuer Job.

Heute ist offiziell mein erster Arbeitstag bei der „Müller Film- und Fernsehproduktionsgesellschaft". Da die Eingewöhnung von Ben in der Kita aber noch nicht abgeschlossen ist und mein „Chef" so wahnsinnig arbeitnehmerfreundlich, muss ich heute noch nicht arbeiten. Sondern sitze wieder in der Brezel-Bar und warte die Entwicklung in der Kita ab. Ben bleibt dort heute zum ersten Mal zum Mittagsschlaf – wenn das auch so gut klappt wie der Rest, ist er „eingewöhnt".

Okay, das mit dem „Job" ist gar nicht so dumm. Malo ist ja tatsächlich hier auf unserem Planeten, um ihn zu erforschen. Und ich bin nun mal sein Papua-Neuguinea. Dass wir uns ewig heimlich bei mir zu Hause treffen, hat bereits zu allerlei Verwicklungen geführt. Endlos kann und will ich Konstantin auch nicht anlügen. Na gut, ich lüge ihn immer noch an. Aber zumindest kennt er jetzt Malo (alias Stefan Müller) und weiß, dass wir uns treffen. Also dass ich für Malo arbeite. Also … Oder … Wie auch immer.

Auf jeden Fall haben wir gestern für das Büro mit Malos selbstgemachtem Geld sehr schöne Möbel ausgesucht. Und dabei erzähle ich so, dass das Kind nun Lucy heißen wird. Malo freut sich. Findet er schön. Ich mache einen Witz über den Schrecken der Straße, womit er natürlich nichts anfangen kann. Also erzähle ich ihm von der alten Kinderfernsehserie. Malo wird hellhörig und will die Serie sehen. Sofort. Gott sei Dank haben wir den ungefähr größten und modernsten Fernseher in unserem Büro, den ich je gesehen habe. Auf dem kann man sogar Internet „gucken“. Der Fernseher war schon da, die Möbel noch nicht. Also sitzen wir plötzlich auf dem Boden im ansonsten leeren Büro und schauen „Luzie, der Schrecken der Straße“. Malo liebt es. Jedes Mal, wenn Friedrich und Friedrich auftauchen, strahlt er wie ein kleines Kind. Am Ende sagt er zu mir: „Das machen wir jetzt jeden Tag.“

„Wir gucken ‚Luzie, der Schrecken der Straße‘? Ich glaub, davon gibt's nicht so viel.“

„Nein, wir gucken … Fernsehen. Filme. Wir sind doch eine Fernseh- und Filmefirma.“

Er lächelt. Das ist also sein Plan. Ich komme nun immer schön zur Arbeit und wir gucken alles kreuz und quer, was es in den letzten hundert Jahren gegeben hat bzw. heute noch gibt. Unsere Bestellliste bei Amazon schlägt alles, was ich bisher gesehen habe. So will Malo nun unseren Planeten kennenlernen. Und ich werde dafür bezahlt, dabei zu sein. Es gibt wirklich schlechtere Jobs. Wenn man überhaupt einen hat. Ich kann halt nur hoffen, dass Konstantin sich nicht mehr als früher für meine Arbeit interessiert. Denn Malo hat offensichtlich übersehen, dass in unserer Firmenbezeichnung auch noch das Wort „Produktion“ vorkommt. Wir werden sehen …

Mein erster Arbeitstag

Veröffentlicht am Donnerstag, 3. November 2011 – 9:18

Welche Filme würdet Ihr mit einem Außerirdischen gucken, um ihm unsere Welt zu erklären? Ich dachte ja erst, wir fangen mit „Gandhi“, „Schindlers Liste“ und „JFK“ an, damit er wirklich was über Geschichte und so lernt. Aber als ich Malo gestern – zu Beginn unserer ersten Videosession – die Auswahl erläutere, merkt er mir den inneren Seufzer an. Es ist einfach so, dass ich mit Ben und Schwangerschaft (=früh müde) so gut wie gar nicht mehr zum Filmgucken komme und das sehr vermisse. Und drei hochkomplexe und doch auch etwas deprimierende Dreistundenfilme … Na ja, es ist halt mein Job. Aber Malo sagt: „Lass uns erst mal Filme gucken, die du wirklich magst!“

Als Malo bei dem Schlüsselsatz von Patrick Swayze in „Dirty Dancing“ Gänsehaut bekommt – und mir das schmunzelnd zeigt, wusste ich: Gute Wahl. Bei „Harry und Sally“ dagegen hat Malo erstaunlich wenig gelacht. Er mochte den Film zwar, aber offensichtlich ist das Freunde-Sex-Dilemma auf seinem Planeten nicht so gängig. Na ja, und dann sind wir gerade mitten in „Lola rennt“ und Malo freut sich, dass er einige Berliner Orte wiedererkennt, da klingelt mein Handy: Der Kindergarten. Ich habe sieben Tage im Café unweit des Kindergartens gesessen für „den Fall“, aber der Fall ist nie eingetreten und ausgerechnet an meinem ersten Arbeitstag hat Ben Fieber. Morgens wirkte er noch ganz fit, aber Andrea – die Erzieherin – macht sich nun doch Sorgen, weil er so schlapp ist und findet es besser, wenn ich ihn abhole.

Nun habe ich ja den besten Arbeitgeber der Welt, der mir natürlich nicht nur frei gibt, sondern mich sofort in den Kindergarten fährt. Dort hat man Konstantin bis auf einmal beim Kitaanschauen vor vielen Monaten noch nie gesehen, so dass Malo unweigerlich für Bens Papa gehalten wird. Besonders weil der wirklich matt wirkende Kleine sofort auf Malos Arm will. Nicht auf meinen. Das bin ich aber mittlerweile gewohnt und in dem Fall hat es auch einen Vorteil: Als Ben sich plötzlich schwallartig übergibt, landet die Lasagne vom Vorabend nicht auf mir, sondern auf Malos Anzug (und auf Ben selbst).

Für Ben gibt es im Kindergarten Wechselsachen, für Malo natürlich nicht. Seine Hose ist nicht so stark in Mitleidenschaft gezogen worden, Hemd und Jackett dagegen … Sagen wir so: Ben liiiiiebt Lasagne und hatte sich wirklich satt gegessen. So kommt es also, dass ich von einem Außerirdischen mit freiem Oberkörper in seinem schicken Jeep nach Hause gefahren werde – mit einem sehr ruhigen Ben neben mir.

Der Berliner setzt sich ja gerne bei auch nur einem Hauch von Sonnenschein in die Straßencafés, aber selbst für diesen Maßstab ist Malo ein echter Hingucker, wie er uns dann nach Hause begleitet. Ich kann es den Damen nicht verdenken. Er kann das tragen. Als wir im Treppenhaus Frau Bieber begegnen, sperrt die sich vor Schreck aus ihrer Wohnung aus. (Nicht mein Problem.)

Nein, auch alleine zu Hause mit einem halbnackten Malo gibt es keine Probleme. Zu groß ist meine Sorge um Ben, der immer noch neununddreißig Fieber hat. Das wahre Problem ergibt sich erst später: Ich bestehe darauf, dass Malo nicht weiter bibbernd herumläuft, sondern ein paar Sachen von Konstantin anzieht. Macht er dann auch und natürlich muss ich das am Abend

Konstantin erklären. Zusammen mit der Entwarnung: Ben ist schon wieder fit und nun gibt es halt ein paar Tage Schonkost.

Dafür ist Konstantin so angetan von Malos Hilfe, dass er vorschlägt, ihn zu Bens kleiner Geburtstagsfeier am Sonntag einzuladen. So sehr ich das im Grunde richtig fände: Die Vorstellung, dass Malo den Nachmittag nicht nur mit Konstantin, sondern auch ein paar Freunden (und deren Kindern) verbringt, behagt mir überhaupt nicht. Gott sei Dank habe ich mich ein wenig auf „meine Arbeit" vorbereitet, soll heißen, ich habe einige weitere Lügen in petto, falls Konstantin mich nach der Arbeit fragt. Daher muss ich ihm nun leider erläutern, dass Malo, also Stefan Müller, mein Chef, am Wochenende nicht in Berlin sein wird, sondern auf dem Filmfestival in Biberach. Was Filmproduzenten halt so machen. Na ja. Vielleicht kann er ja ein anderes Mal vorbeikommen.

So, jetzt kommt er gleich, mein Chef. Ich sitze hier in unserem Büro an meinem neuen Computer und warte auf ihn. Wir gucken dann erst einmal „Lola rennt" zu Ende. Und danach … mh … vielleicht „E.T."?

Bens Geburtstag Teil I

Veröffentlicht am Montag, 7. November 2011 – 9:17

Gleich ist Teamsitzung. Okay, das Team hier im „Büro" besteht nur aus Malo und mir, aber dennoch habe ich nun beschlossen, dass wir mindestens einmal die Woche nicht nur Filme gucken, sondern auch ernsthaft etwas

Wichtiges besprechen. Nämlich meine Lügen. Die müssen einfach besser abgesprochen werden. Dann lassen sich solche Beinaheherzinfarkte wie gestern vielleicht vermeiden. (Danach gucken wir dann „Forrest Gump“.)

Was ist gestern passiert? Konstantin ist auf dem Weg zum Kuchenkaufen beim einzigen vernünftigen Bäcker, der hier in der Gegend Sonntags geöffnet hat, Malo über den Weg gelaufen. Er ist Malo einfach auf der Straße begegnet. Wie wahrscheinlich ist das denn? Na ja, auf jeden Fall war Konstantin überrascht, Malo zu sehen, der dummerweise nicht wusste, dass er eigentlich in Biberach sein sollte. Der noch nicht einmal weiß, was Biberach ist. (Deswegen: Ab sofort Teamsitzungen!)

Derweil war ich zu Hause damit beschäftigt, einen „Mama-Kuchen“ zu backen, wie Ben es nennt. Ich habe den Teig gerade in der Backform, als Konstantin nach Hause kommt. Ben zieht die ganze Zeit an meinem schicken neuen Kleid von Sexymama, die gerade auch in Kreuzberg einen Laden eröffnet haben. (Juhu!) Der Kleine will unbedingt Teig essen – ich hatte ihn zum ersten Mal in seinem Leben etwas von dieser Köstlichkeit von einem Löffel ablecken lassen. Fehler! Daraufhin entspinnt sich folgender Dialog:

„Dein Chef ist ja gar nicht auf diesem Filmfestival!“

„Was?“

„Tei haben!“

„Ich hab ihn gerade auf der Bergmannstraße getroffen. Der wusste überhaupt nix von einem Festival! Was soll das, Vanessa?“

„Äh!“

„Tei haben!“

Ben zerrt mittlerweile sehr vehement an meinem schönen Kleid, das Gott sei Dank dehnbar ist (=Umstandsmode). Trotzdem lenkt es ab. Dabei brauche ich schnell eine geniale Erklärung. Finde aber keine. Bis Konstantin sagt:

„Du magst den nicht sonderlich, mh?"

„Was?"

„Tei haaaaaben!!!"

„Wieso erfindest du sonst so ein bescheuertes Festival? Du wolltest ihn nicht hier haben."

„Mh, ja, also … ph … ich kenne den ja kaum. Das …"

„Mensch, Vanessa, das ist deine Chance! Der steht doch total auf dich!"

Oops. Ist das so offensichtlich?

„Der wird dir 'nen Job anbieten, wenn du nach Lucys Geburt wieder arbeiten kannst. Sagst doch selbst immer, wie schwer es in deiner Branche geworden ist!"

„Buhuuuuu! Tei haben! "

Das Weinen von Ben ist mittlerweile extrem laut! Also sage ich zu Konstantin:

„Du hast recht. Ich muss netter zu meinem Chef sein!"

Konstantin nickt zufrieden.

„Gut. Kannst heute damit anfangen. Hab ihn überredet, doch mit uns zu feiern. Er kommt gleich. "

So, jetzt kommt Malo gerade auch ins Büro. Teamsitzung! Ich muss morgen weiterschreiben!

Bens Geburtstag Teil II

Veröffentlicht am Dienstag, 8. November 2011 – 14:11

Dass Konstantin Malo zu Bens Geburtstag eingeladen hatte, erfuhr ich weniger als eine Stunde vor der Party. Ich bin eh schon spät dran mit dem Marmorkuchen, bin noch nicht geschminkt, die Luftballons sind noch nicht aufgepustet und Ben hat sich in den Kopf gesetzt, alles ihm Mögliche zu unternehmen (=schreien!), um mehr von dem leckeren Teig essen zu können.

Ich bekomme Panik! Es gilt auf jeden Fall zu verhindern, dass Malo mit seinem absoluten Unwissen über das Film- und Fernsehgeschäft als vermeintlicher Produzent Stefan Müller meine Freunde aus dem Film- und Fernsehgeschäft trifft. Einzige Möglichkeit: Malo anrufen und ihn dazu bringen, wieder abzusagen. Mehr oder weniger unauffällig schaffe ich es mit dem Handy auf die Toilette – Bens fortdauerndes „Tei haben!" ignorierend. Was mir aber auch nichts nützt, denn als ich Malo schließlich erreiche, ist er bereits vor unserer Wohnung. Wie nur echte Männer das können, haben die beiden sich bei ihrem Treffen auf der Straße nicht über eine Uhrzeit verständigt, und Malo hat „gleich" wörtlich genommen. Wenigstens kapiert Konstantin beim Öffnen der Tür nicht, dass Malo gerade mit mir telefoniert …

Ich resigniere. Alles andere wäre zu auffällig. Ich begrüße „Stefan Müller" also freundlich. Smalltalk. Bis ich merke, dass es so still ist. Erstaunlich still, dafür, dass Ben keinen Teig bekomme hat. Als wir zusammen in die Küche kommen, bleibt mir kurz das Herz stehen: Ben hat es tatsächlich geschafft, einen Stuhl an die Ablage zu schieben, um endlich an seinen geliebten Teig zu gelangen. Er balanciert dort am Rande des Abgrunds, hat beide Hände voll mit dem Zeug und strahlt über das ganze verschmierte Gesicht: „Mhm. Lecker!“

Der Marmorkuchen wird dann eben nur halb so groß wie geplant. Während ich Ben reinige, lasse ich Malo sämtliche Luftballons aufpusten, so dass er wenigstens nicht mit Konstantin reden kann. Als dann schließlich die ersten Gäste kommen, bin ich immer noch ungeschminkt. Aber das ist mein geringstes Problem. Die Mamis machen große Augen angesichts meines attraktiven Chefs. Natürlich wollen meine ehemaligen Kolleginnen (die größtenteils Mütter und ohne Arbeit sind) alles über die „Müller Film- und Fernsehproduktion“ wissen. Malo ist Gott sei Dank klug genug, sich aufopfernd um die Kinder zu kümmern, wodurch er um die meisten Unterhaltungen herumkommt. Aber meine beste Freundin Anja, die als Einzige keine Mutter ist und der es dementsprechend am Arsch vorbeigeht, wie rührend er sich um die Kleinen kümmert, hakt immer weiter nach. Ihr geht es allerdings weniger um die Firma als darum, Malos Beziehungsstatus herauszufinden. Das geht dann so: „Hatten Sie denn vorher schon eine Produktionsfirma in Berlin?“

„Nein, ich bin erst seit ein paar Monaten in der Stadt! … Guck mal, die Eisenbahn!“

„Ei-sen-baaaaaahn!“

„Ah. Wo waren Sie denn vorher?“

„Weit weg. Kennen Sie nicht. … Soll der Polizist mit der Eisenbahn fahren?“

„Dann sind Sie also mit Ihrer Familie gerade erst hergezogen?“

„Ich bin alleinstehend.“

„Poli-ei Ei-sen-baaahn fahren!“

„Oh. Ach so …“

Ab da bekommt Anja dieses warme Timbre in ihrer Stimme, das ich nur zu gut kenne. Es machte mir Sorgen. Anja kann sehr hartnäckig sein!

„Haben Sie denn jemanden, der Ihnen die Stadt zeigt?“

„Vanessa erklärt mir alles, was ich wissen muss.“

„Arm nehmen!“ (Das ist Ben, obwohl ich dieses Bedürfnis teile.)

„Vanessa … Ach so.“

Anja schaut zu mir. In ihrem Gesicht sehe ich, wie es rattert. Derweil nimmt Malo Ben auf den Arm. Ich kann förmlich zusehen, wie Anja die Bausteine zusammensetzt: Sie hat mir vor ein paar Wochen für einen Abend ein Alibi gegeben. Ohne je zu fragen, worum es dabei ging. Nun ist da dieser Mann, den ich (aus Panik!) nicht aus den Augen lasse. Der aus dem Nichts kommend plötzlich mein Chef ist und sich merkwürdig verschlossen gibt. Bevor es bei Anja „Klick“ macht, erlöst mich Ben.

Nein, es war nicht der Teig schuld. Zumindest nicht allein. Wir waren gestern Nachmittag beim Kinderarzt, der Streptokokken diagnostiziert hat, weswegen Ben heute auch nicht im Kindergarten ist und ich nicht bei der Arbeit. Auf jeden Fall übergibt sich Ben zum zweiten Mal innerhalb von wenigen Tagen auf Malos Hemd und Jackett. Man kann den Kuchenteig noch ganz gut erkennen. Die Party ist natürlich gelaufen. Was zwar schade für Ben ist, aber ich bin erleichtert. Denn Malo lehnt die (gerade erst gereinigten) Sachen von Konstantin ab und will relativ bald gehen. Konstantin ist wirklich zerknirscht und hat Angst um meinen Job. Beim Rausgehen beruhigt ihn Malo: „Kein Problem. Ich habe selbst Kinder! Ich kenne das!“

Damit ist er weg. Und ich bin neben aller Erleichterung und Sorge um Ben etwas irritiert. Natürlich konnte das auch nur so ein Spruch sein mit den Kindern. Im Rahmen seiner Legende. Aber Anja hatte er im Rahmen derselben Legende gerade noch erzählt, er sei alleinstehend. Vor allem: Es klang sehr aufrichtig. Hat er wirklich Kinder? Ich stelle mal wieder fest: Ich weiß nichts über diese Mann vom anderen Stern!

Theater

Veröffentlicht am Donnerstag, 10. November 2011 – 21:34

Gestern gab es in Bens Kindergarten ein Puppentheater. Die großen Kinder hatten über Wochen ein kleines Stück einstudiert, Puppen und Kulissen gebastelt und nun war der große Tag gekommen, an dem ein Raum voller Kinder und Eltern das Stück vorgeführt bekommen sollte. Konstantin hatte sich extra den Nachmittag frei genommen, um bei dieser Gelegenheit endlich auch einmal Bens Kita sehen zu können. Mir brummte schon wieder der Schädel, denn ich hatte gleich einen ganzen Sack voller Probleme.

Erstens: Ben war ja eigentlich krank. Aber da er wieder fit wirkte und laut Arzt nicht mehr ansteckend war, durfte er zumindest am Nachmittag zu der Theatervorstellung mit in den Kindergarten. Was ihn verwirrte und besonders anhänglich machte. Zudem war es ja sein erstes Theaterstück.

Zweitens: Im Kindergarten hielt man Malo für Bens Vater, weil er sich in der Vorwoche so heroisch hatte vollkotzen lassen. Und ich es angesichts der Aufregung um das kranke Kind versäumt hatte, dies zu korrigieren. Entsprechend skeptisch wurde Konstantin von den Erzieherinnen beäugt, als er „behauptete“, Bens Vater zu sein. Malo war ihnen offensichtlich lieber.

Drittens: Seit ihrer Unterhaltung mit Malo auf dem Kindergeburtstag hatte ich vier SMS und drei Mailbox-Nachrichten von Anja bekommen. Sie wollte „endlich mal wieder“ einen Kaffee mit mir trinken gehen. Natürlich wollte sie in Wahrheit alles über Malo alias Stefan Müller wissen. Bisher hatte ich sie noch abwimmeln können.

Viertens: Malos Satz „Ich habe selbst Kinder“ ließ mir keine Ruhe. Auch wenn er bei meiner Nachfrage am Tag danach erklärt hatte, dass dies natürlich eine Lüge war – um Konstantin zu beruhigen. Aber er stockte bei der Antwort so komisch und wollte dann auch nicht darüber reden, wie das denn so ist mit den Kindern auf seinem Planeten. Ich bin mir sicher: Das Thema ist irgendwie belastet!

Fünftens: Konstantin war nach wie vor zerknirscht, dass mein „Chef“ so viel abbekommen hatte durch Ben. Er redete ständig davon, wie doof es wäre, wenn „uns“ deswegen die Möglichkeit genommen würde, dass ich nächstes Jahr einen Job bekommen könnte.

So, das waren die Probleme. In dem Puppentheaterstück ging es um einen Bären, der sich mit einer Fledermaus in deren Höhle anfreundet und dabei allerlei Quatsch erlebt.

Als der Bär die Fledermaus zum Honigessen einlädt, dreht sich Konstantin plötzlich zu mir und flüstert mir im Dunkeln zu: „Wir können deinen Chef doch zum Essen einladen. Am Sonntag. Ja! Lass uns das machen!“

Ich bin nicht nur überrumpelt. Sondern mit einem sich vor der Fledermaus fürchtenden Ben auf dem Schoß auch mal wieder etwas überfordert. Wir zischen uns flüsternd an:

„Das ist übertrieben, Konstantin!"

„Nein, überhaupt nicht! Das schulden wir ihm!"

„Quatsch. Der nimmt uns das nicht übel. Er hat doch selbst Kinder!"

„Das denn?" (Bens allgegenwärtige Frage – kurz für: „Was ist das denn?")

„Das ist eine Fledermaus. Sowas wie eine fliegende Maus! Die ist gaaaanz lieb!"

„Vanessa, was ist denn dein Problem? Willst du nicht arbeiten?"

Ich sage nichts. Der Bär und die Fledermaus haben mittlerweile eine problematische Begegnung mit einem Maulwurf.

„Lass uns das machen, Vanessa! Das wird bestimmt nett."

Das wird der Horror! Da bin ich mir sicher. Aber ich erkenne an Konstantins Tonfall, dass es für ihn schon beschlossene Sache ist. Also versuche ich, den Abend wenigstens in geordnete Bahnen zu lenken: „Dann lass uns das bei dir im Restaurant machen!"

Denn dort ist Konstantin die ganze Zeit abgelenkt und die beiden werden nicht viel reden können.

„Nee, da bin ich die ganze Zeit abgelenkt. Ich will doch auch mal mit ihm reden."

Grmpf.

„Lädst du ihn ein? Oder soll ich ihn anrufen?"

Er klingt schon etwas aggressiv – die unruhigen und nörgelnden Kinder um uns herum tragen sicher auch zu seinem Stresslevel bei. Das Handy in meiner Hosentasche vibriert. Eine SMS. Die eigentlich wieder nur von

Anja stammen kann. Ben klammert sich an mir fest, weil es nun zu einer handfesten Prügelei zwischen der Fledermaus und dem Maulwurf kommt. Sie ist doch nicht so lieb, wie ich behauptet habe. Ben weint. Ich sagt zähneknirschend zu Konstantin: „Ich lade ihn ein!"

Das habe ich heute Morgen dann auch gemacht. Malo kommt Sonntagabend zu uns. Morgen werden Malo und ich dieses Abendessen auf einer Teamsitzung ausführlich vorbereiten. In der Hoffnung, dass Konstantin danach für alle Zeiten Ruhe gibt …

Hühnerbrühe

Veröffentlicht am Sonntag, 13. November 2011 – 22:15

Ich weiß nicht, wie weit ich heute Abend noch komme. Ich muss immer wieder mal nach Ben schauen. Aber dass ich überhaupt jetzt schon über das heutige „Essen" schreiben kann, deutet an: Es ist mal wieder anders gelaufen als geplant.

Ich hatte das Abendessen mit Malo ausführlich vorbereitet – schließlich hat er nicht wirklich Ahnung von der deutschen Fernsehindustrie, in der er sich binnen Sekunden selbständig gemacht hat. Und ich hatte auch Konstantin auf das Essen vorbereitet. Mit der simplen und einfachen Ansage, dass Malo Vegetarier ist. Konstantin fand das zwar schräg, aber „die Leute vom Film" erlebt er immer als schräg, also was soll's. Macht er halt sein berühmtes indisches Curry, von dem es auch eine vegetarische Variante gibt. Ich war einverstanden und natürlich happy, dass er das Kochen übernahm. Insbesondere weil Ben die Nacht über sehr schlecht geschlafen hatte und sich nun mit erhöhter Temperatur und einem fiesen Husten rumplagte. Offensichtlich ein weiteres Mitbringsel aus dem Kindergarten. Laut Kinderarzt nur der Beginn einer wunderbaren Freundschaft zwischen Ben und den Viren dieser Welt.

Auf jeden Fall komme ich irgendwann am Nachmittag in die Küche und denke, ich spinne. Konstantin hat ein komplettes Huhn im Topf.

„Sag mir bitte, das ist nicht für heute Abend!“

„Nee, Quatsch, ich brauch nur ein bisschen Brühe.“

„Ein bisschen Brühe?“, frage ich und gucke auf den Zehnlitertopf.

„Den Rest frier ich ein. Brauch ich immer mal. Und Ben bekommt sie zum Essen, wird ihm guttun.“

„Aber ein Teil der Hühnerbrühe landet im Curry?“

„Nur Brühe. Das Huhn wird nicht gegessen.“

„Nur Brühe? Stefan ist Vegetarier!“

„Ja, deswegen mache ich ja ein vegetarisches Curry.“

Er zeigt leicht gereizt auf den Berg von Gemüse, den er gerade vorbereitet. Ich versuche, ruhig zu bleiben.

„Aber wenn in der Brühe Huhn ist, dann ist das Essen nicht vegetarisch.“

„Es ist kein Huhn in der Brühe!“

„Es ist Hühnerbrühe!!!“

Das habe ich offensichtlich fast geschrien. Zumindest schaut Konstantin mich ziemlich irritiert an. Okay, er kann nicht wissen, dass Malo das letzte Mal, als er aus Versehen zwei Bissen Fleisch gegessen hat, beinahe explodiert ist. Nun bekommt Konstantin diesen gar nicht freundlichen, erklärenden Tonfall, den ich so hasse:

„Ich mach mein Curry immer so. Hat sich noch kein Vegetarier beschwert.“

„Weil sie es nicht wussten.“

„Natürlich! Man schmeckt es, Vanessa! Aber Vegetarier sehen Hühnerbrühe nicht als Fleisch."

Was ein weitverbreiteter Irrtum ist, wodurch es aber nicht richtiger wird. Ich gehe nicht weiter auf die philosophische Diskussion ein, sondern kürze ab:

„Stefan schon!"

„Woher willst du das wissen? Tauscht ihr bei der Arbeit Rezepte aus, oder was?"

Ich merke: Ich begebe mich auf dünnes Eis. Denn über das, was wir wirklich bei der Arbeit machen, will ich auf keinen Fall reden. Ich regle mich ein wenig runter und sage: „Würdest du bitte ausnahmsweise auf die Hühnerbrühe verzichten?"

„Nein! Du übertreibst wieder maßlos, Vanessa!"

„Konstantin!"

„Nein, er wird's schon überleben!"

Da bin ich mir nun leider nicht so sicher.

„Und jetzt lass mich in Ruhe kochen!"

Ende der Diskussion. Und Schluss für heute. Morgen mehr!

Husten

Veröffentlicht am Dienstag, 15. November 2011 – 21:37

Nun also endlich der Bericht vom „Abendessen" am Sonntag. Ich kam nicht früher zum Schreiben, weil Ben nach wie vor krank ist. Und zwar so krank, dass er nicht in den Kindergarten darf, aber gleichzeitig so fit, dass er den ganzen Tag durch die Gegend rennen will. Meine Lieblingskombination.

Das Essen stand unter keinem guten Stern. In Sachen Hühnerbrühe hatte ich es vorgezogen, Malo zu warnen. Zu Recht, wie er mir erklärte. Aber er beruhigte mich bei dem kurzen Telefonat (mal wieder flüsternd auf der Toilette): Er wollte sich etwas einfallen lassen.

Das ging dann so: Kaum ist die etwas angespannte Begrüßung mit Konstantin vorbei, verkündet Malo, dass es ihm unendlich leid tut. Das Essen riecht zwar toll und so, aber er hat sich leider einen bösen Magen-Darm-Virus eingefangen. Deswegen für ihn nur Reis mit etwas Salz. Altes Rezept von dort, „wo er herkommt". Konstantin ist eh noch geladen durch den Streit mit mir. Und wenn er eins hasst, dann, dass er stundenlang in der Küche steht und hinterher jemand sein Essen nicht will. Er schaut mich also mit vorwurfsvollem Blick an und zischt: „Du hast ihn gewarnt?"

Das sagt er vor Malo, also Stefan Müller, meinem vermeintlichen Chef. Selbst für Konstantin ist das unsensibel. Malo überrascht dies sichtbar, er reagiert vielleicht etwas zu insistierend.

„Nein, Quatsch! Ich habe wirklich Durchfall!"

„Ach ja? Und wieso fragst du dann nicht, wovor sie dich gewarnt haben soll?"

Darauf weiß Malo dann keine Antwort. Ich bin immer noch perplex, weil Konstantin so aggressiv ist. Offensichtlich rumort etwas in ihm. Denn als Nächstes kommt: „Was läuft denn hier eigentlich? Mit euch beiden? Mh? Warum hat Vanessa so 'ne panische Angst, dass du hier vorbeikommst? Was soll das alles?"

Pause. Stille. Ich weiß, es ist an mir, etwas zu sagen. Ich weiß aber nicht was. Einmal mehr danke ich dem Schöpfer für Ben, der einfach ein Gespür dafür hat, wenn seine Mutter in Bedrängnis ist. Ich danke dem Schöpfer allerdings nur für zehn Sekunden, bis ich kapiere, dass der Hustenanfall, der uns durch das Babyfon entgegenscheppert, kein normaler Hustenanfall ist. Ben bekommt keine Luft!

Man kann Konstantin viel vorwerfen. Auch in Bezug auf seine mangelnde Zeit für Ben. Aber wenn der Kleine in Not ist, kämpft sein Vater wie ein Löwe. Und vor allem: Er ist tausend Mal ruhiger und effektiver als ich. Vielleicht ist es das pausenlose Training in der Gastronomie, wo Konstantin immer dann richtig gut ist, wenn um ihn herum das Chaos tobt. Auf jeden Fall sehe ich den Kleinen schon grausam ersticken, als wir ihn mit panikgeweiteten Augen und blauen Lippen in seinem Bettchen vorfinden. Ich bin starr vor Schreck. Konstantin behält die Ruhe, hebt den Kleinen hoch, redet beruhigend auf ihn ein und eilt mit ihm auf den Balkon. Ich denke schon, er will mit dem Kind über die Brüstung springen und zum Krankenhaus rennen (ungefähr das wäre meine Reaktion gewesen). Aber es geht einfach nur um die kalte Nachtluft. Tatsächlich beruhigt sich Ben und er kann auch bald wieder atmen.

Konstantin hat kurz nach Bens Geburt einen Erste-Hilfe-Kurs für Kinder gemacht. Und sein Chefkoch Ingo hat einen wenig älteren Sohn, der dasselbe vor einer Weile ebenfalls durchgemacht hat: Pseudokrupp. Hört sich im wahrsten Sinne des Wortes weit schlimmer an, als es ist. Kühle Luft zur Abschwellung ist die Wunderwaffe. Auch wenn Ben bald wieder fit scheint, ist es Konstantin lieber, wenn wir dem Kleinen ein Kortisonzäpfchen geben. Während ich Ben in eine Decke hülle (die mir Malo gebracht hat), nimmt Konstantin schon das Handy ans Ohr. In der Tat: Ingo hat noch von den Zäpfchen. Und da Konstantin nach einer wirklich schlimmen Erfahrung mit der Kinderkrankenhausnotaufnahme an einem Sonntagabend (drei Stunden

Warten, ich war hinterher zwei Wochen krank) dort auf keinen Fall hinwill, gebe ich mich mit seinem Plan zufrieden. Ich bin einfach nur saufroh, dass er einen kühlen Kopf behält. Bevor er geht, sagt er noch zu Malo – so wie nur ein Mann den anderen fragen kann: „Kannst du bei ihnen bleiben?“

Malo nickt stumm. Konstantin vertraut ihm Frau und Kind an – in einer Notsituation. Es ist definitiv so etwas wie eine Versöhnung. Das Thema von zwanzig Minuten zuvor ist vergessen.

So, jetzt kommt eigentlich erst der interessante Teil – mein Gespräch mit Malo. Aber ich muss Euch noch einmal vertrösten. Ben schläft sehr unruhig. Ich lege mich auch schon mal hin und nehme ihn zu mir ins Bett. Was tut man nicht alles …

Sieben

Veröffentlicht am Donnerstag, 17. November 2011 – 16:01

Hier nun endlich der weitere Bericht von Sonntagabend. Kaum ist Konstantin losgefahren, um das Medikament gegen Bens Pseudokrupp aufzutreiben, holt Malo das berühmte schwarze Kästchen aus seinem Jackett. Im Dunkeln scheint es noch mehr zu glitzern. Es wirkt fast hypnotisch. Während er es an Bens Kopf hält, sagt er voller Respekt: „Konstantin ist ein guter Vater!“

Er sagt es fast etwas kritisch. Ich bin noch viel zu aufgewühlt, um sofort zu kapieren, was er mir sagen will. Ich nicke nur.

„Ich hatte einen anderen Eindruck … Durch dich!“

Jetzt kapiere ich den Vorwurf. Ja, das stimmt. Nach außen rege ich mich gerne über Konstantins Vaterqualitäten auf. Sicher auch hier im Blog viel zu viel. Denn im Grunde: Er IST ein guter Vater. Er liebt Ben über alles. Er hat einfach nur viel zu wenig Zeit und hasst dies selbst am meisten. Genau das erkläre ich Malo, während er Ben weiter mit dem schwarzen Kästchen abfährt.

Er sagt nichts zu meiner kleinen „Beichte", sondern: „Es ist tatsächlich … Pseudokrupp. Ihr braucht das Zapfchen nicht. Ben wird es besser gehen."

„Zäpfchen! Das ist so ein …"

Ich ziehe es vor, das nicht zu erklären, wenn er so etwas nicht kennt. Offensichtlich reicht es auf seinem Planeten, die komische Kiste an den Kopf zu halten.

„Was hast du mit ihm gemacht? Wieso braucht er kein Zäpfchen?"

„Das … Zäpfchen gibt Kortison. Der Körper hat selbst Kortison. Ich habe die Produktion angeregt."

Er deutet auf das Kästchen, was nun wieder in seinem Jackett verschwindet. Dann nimmt er Ben und geht mit uns zusammen wieder nach drinnen. Er macht dies alles mit einer beruhigenden Routine. So dass ich frage: „Bist du im Nebenberuf Kinderarzt?"

Er lächelt und sagt: „Nein, nein, ich … Ich bin … Ich habe darüber gelesen."

Okay, diesmal ist es zu offensichtlich. Das Stocken. Das plötzliche Weggucken. Allmählich weiß ich, wenn er lügt.

„Du hast Kinder!"

„Nein, was? Wieso? Wie kommst du denn jetzt darauf?"

„Warum darf ich nicht wissen, dass du Kinder hast? Was soll das?"

Ich lasse mich nicht abwimmeln. Er sagt nichts. Seufzt. Das ist deutlicher als jedes „Ja".

„Wieviele?", frage ich bohrend.

Es dauert einen Moment. Dann sagt er: „Sieben."

Sieben? Er hat sieben Kinder? Was in aller Welt …

„Und das sagst du mir nicht?"

„Ich darf nicht über meinen Planeten reden!"

„Ja, aber … Gleich sieben? Ist das normal bei euch?"

„Ich habe positiv bewertete Gene."

Das glaube ich sofort. Es wirft allerdings eine Menge weitere Fragen auf. Aber ich sehe Malo an, dass er immer mehr dichtmacht, wahrscheinlich schon bereut, dass er überhaupt etwas gesagt hat. Trotzdem versuche ich es: „Danach wird bei euch entschieden, wer Kinder bekommt? Nach den Genen?"

Er sagt nichts.

„Sind die denn alle von einer Frau?"

Er nickt. Ich weiß nicht, ob ich mir so etwas mittlerweile einbilde, aber ich meine, dass er auch bei dieser Antwort kurz zögert.

„Deiner Frau?"

„Das funktioniert alles nicht so wie bei euch!"

Ich hasse diesen Satz mittlerweile.

„Wie funktioniert es denn dann, verdammt noch mal?"

Ich bin jetzt wirklich aufgebracht. Fixiere ihn.

„Wieso ist das überhaupt so wichtig?"

Er fixiert mich ebenfalls. Zwischen uns Ben, der nun auf Malos Arm friedlich einschläft. Unabhängig davon, wie sehr zwischen Malo und mir die Blitze hin und her schießen. Wir wissen beide ganz genau, warum die Frage nach seiner Frau so wichtig ist. Aber es kommt nicht zu einer Antwort. Dafür kommt Konstantin zurück. Mit dem Zäpfchen. Er hat sich wirklich beeilt, ist über zwei rote Ampeln gefahren, was ins Auge hätte gehen können. Da Ben nun schläft, will er das mit dem Zäpfchen erst einmal abwarten. Glück für Ben. Und für Malo, der die Gelegenheit nutzt und sich „unter diesen Umständen“ für den Abend verabschiedet. Konstantin ist ihm dankbar. Malo geht. Ich bleibe verwirrt zurück.

Jetzt ist es schon vier Tage später. Ben hatte keine weiteren Anfälle, dafür aber eine ordentliche Erkältung. Bis gestern war er deswegen auch nicht im Kindergarten. Heute konnte ich endlich wieder „arbeiten“. Malo hat jedoch jedes weitere Gespräch über seine Kinder und „seine Frau“ permanent abgeblockt. Stattdessen haben wir wieder Filme geguckt. Denn er will ja unsere Welt besser kennenlernen. Aber nichts über seine sagen. Eigentlich nicht fair. Oder?

Eine dunkle Begierde

Veröffentlicht am Montag, 21. November 2011 – 15:04

Ich kann im Moment nicht darüber klagen, dass ich zu wenig Filme gucke. Schließlich tue ich bei der „Arbeit“ so gut wie nichts anderes. Trotzdem war es etwas Besonderes, dass ich gestern im Kino war. Zum ersten Mal seit gefühlten Monaten. Wenn man ein Kind hat und einen Mann, der abends meist arbeitet, ist das der pure Luxus.

Ich war aber nicht mit meinem Mann im Kino. Und auch nicht mit dem anderen Mann, der gerade mein Leben auf den Kopf stellt. Sondern mit meiner besten Freundin Anja. Das ist das eigentliche Problem. Seit ihrer Begegnung mit Malo bei Bens Geburtstag wollte sie mich unbedingt „mal wieder“ treffen. Ich wusste sehr genau, warum ich dieses Treffen vermieden hatte. Gestern hat sie mich dann reingelegt. Sie hat auf dem Festnetz angerufen. Sonntagvormittag kurz nach der „Sendung mit der Maus“, wohlwissend, dass Konstantin diese stets mit Ben schaut und deswegen nicht nur zu Hause sein würde, sondern auch in der Nähe des Telefons. Ihr Plan ging auf: Konstantin ging dran, sie plauderten und Anja ließ fallen, dass sie ja „so gerne“ mal wieder mit mir ins Kino gehen würde, aber ich habe ja abends nie Zeit. Konstantin – nach wie vor um gute Laune bei seiner schwangeren Frau bemüht – bot sofort an, am Abend auf Ben aufzupassen, damit wir beide uns mal so richtig amüsieren können.

Tja, amüsieren. Das ging dann so: Anja hatte „Eine dunkle Begierde“ ausgewählt. Wahrscheinlich wegen des Titels. Denn ihr war klar, dass da irgendwas Heimliches läuft, seit sie mir für den großen Abend ein Alibi gegeben hatte. Vom Film habe ich nicht allzu viel mitbekommen. Nur dass Keira Knightley als psychisch Kranke so intensiv gespielt hat, dass es mich körperlich anstrengte. Wahrscheinlich aber nur halb so sehr, wie die Leute hinter mir angestrengt waren, weil Anja die ganze Zeit gequatscht hat. Der Film fing um acht an. Ich war erst zehn vor acht da, um zu langen Unterhaltungen aus dem Weg zu gehen. Also redete Anja eben während des Films. Ich hätte es ahnen müssen. Sie ist schließlich der einzige Mensch, den ich persönlich kenne, der während eines Kinobesuchs ans Handy geht.

Sie fragt also immer wieder nach meinem Chef Stefan Müller. Erst mehr oder weniger geschickt: Wie denn die Arbeit mit ihm ist, wieso er denn so gut mit Ben kann, was Konstantin über ihn denkt usw. Ich weiche aus oder halte die Antworten knapp. Auch den Leuten hinter uns zuliebe. Als die schließlich anfangen, „Sch“ zu machen, und Anja sie anzischt, dass sie leise sein sollen (!), reicht es mir dann: „Ja, verdammt, ich war kurz davor, mit ihm eine Affäre anzufangen. Habe ich aber nicht. Jetzt gib endlich Ruhe!“

Passenderweise fing dann Jung (Michael Fassbender) auf der Leinwand eine Affäre mit seiner Patientin (Keira Knightley) an. Was in dem Fall mindestens genauso verboten war wie in meinem. Allerdings trotz Psychoanalyseproblematik nicht halb so kompliziert. Aber man kann Anja nicht mit den Worten „Es ist kompliziert“ abspeisen. Es geht einfach nicht. Ich musste nach dem Film zwar die Müdigkeit nicht einmal vortäuschen, wegen der ich schnell nach Hause wollte. Doch dafür sind wir nun für morgen Abend verabredet. Sie kommt zu mir, wenn Konstantin im Restaurant ist und Ben schläft. Um sich alles erzählen zu lassen.

„Jedes schmutzige kleine Detail“, wie Anja sagte. Ich weiß nicht, ob ich schon so weit bin, jemandem die ganze Wahrheit zu sagen. Wir werden sehen …

Anja

Veröffentlicht am Donnerstag, 24. November 2011 – 10:18

Der Abend mit Anja war gar nicht das Problem. Sie war vorgestern hier. Wir haben einen gemütlichen „Mädchenabend“ gemacht mit einem Glas Weißwein (den ich mal wieder mit Apfelschorle simuliert habe) und Geschichten über Männer. Sie hat mir von ihren neusten dramatischen Affären berichtet. (Anja hat auf einer Dating-Seite ihren Nachbarn (!) empfohlen bekommen – wie wahrscheinlich ist das? Und trotzdem was mit ihm angefangen. Desaster!) Im Gegenzug erwartete sie dann die „schmutzigen Details“ von Malo und mir, bzw. sie kennt ihn ja als meinen Chef Stefan Müller. Ich habe nicht alles preisgegeben. Das mit dem Kuss und meinen Gefühlen runtergespielt und schon mal überhaupt nichts davon erzählt, dass er E.T. ist. Das hat sie sich alles sehr aufmerksam angehört und mit erstaunlich wenig Nachbohren geschluckt.

Die Quittung kam gestern. Ich hatte es tunlichst vermieden, auf ihre mehr oder weniger geschickten Nachfragen nach der Lage unseres Büros irgendetwas Konkretes zu sagen. Aber ich muss dann doch in einem Nebensatz erwähnt haben, dass wir gerne in der Mittagspause in die Markthalle gehen, weil man dort leckere vegetarische Sachen für ihn findet. Als wir gestern am Biobuffet saßen und eine vegetarische Reispfanne aßen, kam – was für ein Zufall – Anja vorbei.

Malo hat natürlich geglaubt, dass es ein Zufall war, sie zu uns gebeten und schon war ich abgemeldet, denn sie hat ihn nach feinster Anja-Art angeflirtet. Aber das ist noch nicht alles. Wir hatten uns nämlich soeben über Fußball unterhalten. Ja, schon wieder. Das Thema lässt Malo nicht los. Am Vorabend war er in irgendein Fußballspiel im Fernsehen gestolpert und rätselte nach wie vor darüber, warum die ganzen Leute bei der Kälte dort rumstanden und auch noch so gut gelaunt waren.

Da sagt Anja plötzlich: „Wir können doch mal zur Hertha gehen.“

Es ist mir ehrlich gesagt neu, dass Anja überhaupt weiß, dass es in Berlin einen Fußballverein mit dem Namen „Hertha“ gibt. Im Vergleich zu ihr bin ich geradezu fanatisch an Fußball interessiert. Sie hasst es nicht nur, sondern kennt weder die Abseitsregel noch überhaupt eine Regel. Und dann haut sie so eine lockere Formulierung raus, als ob sie das jede Woche macht. Das Dumme ist, dass Malo wirklich nicht weiß, dass man das in Berlin machen kann und sofort angefixt ist. Plötzlich hat Anja ihr iPhone in der Hand und findet raus, dass die Hertha sogar am Samstag spielt. Und: „Mein Chef kann uns Karten besorgen. Der ist da irgendwas Wichtiges."

Ist natürlich komplett gelogen. Klingt aber wie eine einmalige Chance. Malo ist begeistert. Ich will abwiegeln, woraus Anja den Vorschlag ableitet, dass sie ja auch alleine mit Malo hingehen kann. Sie schauen mich beide an.

Na ja, was soll ich sagen: Wir gehen alle zusammen am Samstag zur Hertha.

Nur nach Hause …

Veröffentlicht am Montag, 28. November 2011 – 21:29

Ich habe heute nur kurz Zeit. Konstantin bringt gerade Ben ins Bett, und ich will die Gelegenheit nutzen, über meinen Besuch „bei der Hertha" zu berichten. Ich hoffe, es erwartet jetzt keiner ernsthaft, dass ich etwas zu dem Fußballspiel sage, obwohl es angeblich sogar spannend und toll und „rassig" war, wie ich in der U-Bahn gehört habe. Interessanter ist aber sicherlich, wie sich meine „beste Freundin" Anja verhalten hat, nachdem sie uns das ja alles eingebrockt hatte.

Erstmal: Es war saukalt. Irgendjemand meinte zwar, es geht noch schlimmer, aber der stand wahrscheinlich im zweiten Weltkrieg vor Stalingrad oder so. Ich finde es nicht so toll, zwei Stunden bei gefühlten null Grad herumzusitzen. Ben war erstaunlicherweise am wenigsten genervt. Das mit dem Fußball hat ihn zwar nur fünf Minuten interessiert, aber er saß die ganze Zeit auf Malos Schoß, dann ist er sowieso immer absolut zahm. Wer sich sehr offensichtlich auch auf Malos Schoß gewünscht hat, war natürlich Anja.

Es geht schon vor dem Spiel los, als sie ihn zu Glühwein überredet und dann ständig anzügliche Bemerkungen darüber macht, dass man sich auf den Plätzen nachher gegenseitig wärmen kann und so. Dummerweise (aus ihrer Sicht) hat sie uns die Tickets gegeben, ohne draufzuschauen, was dazu führt, dass die Sitzreihenfolge Malo, ich, Anja ist. Sie fängt dann allen Ernstes auf der Tribüne an zu diskutieren, ob man das nicht irgendwie tauschen kann oder zumindest Malo in die Mitte nimmt. Ich weigere mich schlichtweg, irgendetwas zu ändern. Um uns die Leute gucken schon komisch, weil wir immer heftiger streiten. Plötzlich wird es sehr laut und Ben ist richtig begeistert, weil jetzt alle anfangen zu singen:

„Nur nach Hause, nur nach Hause, nur nach Hause geh'n wir nicht …"

Damit ist die Diskussion über den Platztausch erst einmal beendet.

Nach dem Lied wird es aber erst richtig anstrengend. Denn Anja versucht die ganze Zeit, sich mit Malo zu unterhalten. An mir vorbei. Während er – ziemlich ernsthaft, aber auch erfolglos – versucht herauszubekommen, was der Reiz des Spieles/Stadionbesuchs ist. Zugegeben: Ich bin so angespannt, dass ich mich die ganze Zeit vor- oder zurückbeuge, damit die beiden nicht reden können. Mir wird das allerdings erst bewusst, als Anja sich anbietet, noch einmal Glühwein zu holen. Beziehungsweise nachdem sie gescheitert ist, mich (die Schwangere!) zu schicken und dann selbst gehen muss. Kaum ist sie weg, lächelt Malo mich breit an. Er sagt: „Ist es schlimm, dass ich das schön finde?“

„Was? Fußball? Anjas Gequatsche?“

„Nein. Dass du eifersüchtig bist.“

Er schaut mich mit diesen funkelnden Augen an, die ich schon lange nicht mehr wahrgenommen habe. Mir wird dann doch wieder warm.

„Ich bin nicht eifersüchtig“, sage ich vielleicht etwas zu trotzig.

Er lächelt mich noch einmal an. So männlich und wissend. Ich komme mir vor wie ein Teenager und mir wird bewusst: Ich verhalte mich wie ein Teenager. Da gibt es keine Zweifel. Ich atme einmal tief durch und gehe in die Offensive: „Und wieso findest du das schön?“

„Muss ich dir das wirklich erklären?“

Ja, jetzt ist mir warm. Dann kommt Anja wieder. Und ich bin um einhundert Prozent entspannter. Lasse es sogar zu, dass sie sich nach der Halbzeit (in der wir Ben im Fanshop einen Fanzwerg kaufen) neben Malo setzt. Denn er hat recht: Wovor habe ich eigentlich wirklich Angst?

Oh, ich muss raus. Hier gibt es gerade Ärger. Konstantin hat den Fanzwerg entdeckt und jetzt endlich kapiert, dass wir wirklich im Stadion waren. Bisher dachte er, dass wäre eine Kinderspinnerei von Ben. Aus irgendwelchen Gründen tickt er jetzt vollkommen aus. Er ist hier gerade türenknallend abgerauscht. Das macht er sonst nie! Was soll das denn jetzt?

Der Herthazwerg

Veröffentlicht am Mittwoch, 30. November 2011 – 20:36

Was soll ich sagen? Es ist etwas passiert.

Am Montagabend, als ich den letzten Eintrag geschrieben habe, hat Konstantin plötzlich einen Riesenstreit vom Zaun gebrochen. Auslöser war, dass er kapiert hat: Sein Sohn war das erste Mal in seinem Leben im Stadion. Und das ohne ihn. Ich weiß nicht, ob das ein Männer-Ding ist oder ein Konstantin-Ding, aber offensichtlich bereitet er sich (und Ben) mental schon seit zwei Jahren auf diesen großartigen Moment vor und jetzt habe ich ihm alles versaut. Er hatte dafür eigentlich die Saisoneröffnung 2013 (!) ins Auge gefasst. Ben wäre Vier, es wäre Sommer, die Hertha am Anfang der Saison noch frisch usw. Mir war das alles gar nicht klar. Es muss so dramatisch für Konstantin gewesen sein, dass er alleine deswegen mit dem Türenknallen angefangen hat. Das ist sonst mein Part. Er macht das nicht. Aus irgendeinem Grund hat mich das am meisten verstört.

Das war aber noch nicht alles. Er hat mir ungefähr eine halbe Stunde Beschimpfungen an den Kopf geworfen, auch darüber, dass ich ihm gar nichts gesagt habe, Vertrauensbruch und dann auch noch dieser „beschissene Herthazwerg“, (der mittlerweile im Müll gelandet ist). Offensichtlich ist ein Herthazwerg das mit Abstand Dümmste, was man kaufen kann. Okay, aber dann kam es. Als er gerade ziemlich den Klugscheißer machte und mir ausführlich erklärte, dass ein Zweijähriger neunzig Minuten gar nicht durchhalten kann, erst recht nicht bei dieser Kälte, habe ich lapidar geantwortet: „Das war kein Problem. Ben saß die ganze Zeit vergnügt auf Stefans Schoß.“

Da war der Ofen aus. Jeglicher Ofen. Denn jetzt kam alles raus, was sich in den letzten Wochen wegen meines vermeintlichen Chefs Stefan Müller bei Konstantin angestaut hatte. Wegen der Geburtstagsparty, dem Abendessen und der Arbeit überhaupt. Ich will das hier nicht alles wiedergeben, es war teilweise sehr beleidigend und verletzend. Beleidigend für Malo, verletzend für mich. Und gipfelte in dem Vorwurf, dass ich eine Affäre mit Malo hätte.

Das habe ich natürlich bestritten, aber nachdem ich Malo ja nun mal geküsst hatte, muss es vielleicht etwas zu halbherzig geklungen haben. Beziehungsweise Konstantin war eh nicht zu bremsen. Er ist dann aus dem Schlafzimmer ausgezogen. Und hat gestern den ganzen Morgen nicht mit mir geredet. Nach dem Restaurant ist er nachts gar nicht erst nach Hause gekommen und nachdem es dann heute morgen wieder nur ein paar bissige Sprüche gab und sonst nichts, bin ich sehr aufgelöst zur Arbeit gegangen. Zu Malo.

Na ja, was soll ich sagen. Montagabend habe ich die Affäre noch bestritten. Mit Recht, wie Ihr wisst. Jetzt könnte ich das nicht mehr so einfach tun. Wie gesagt: Es ist etwas passiert.

Die Affäre

Veröffentlicht am Sonntag, 4. Dezember 2011 – 15:38

Okay, okay, irgendwann muss ich ja mal wieder etwas schreiben. Auch wenn gerade alles sehr chaotisch ist. Eigentlich nicht einmal chaotisch. Es ist … verdreht irgendwie. Aber gerade habe ich etwas Zeit und Ruhe, weil Konstantin und Ben nicht da sind. Warum? Weil heute der „Papatag" ausgerufen wurde und Konstantin nach dem Frühstück ohne weitere Erklärungen mit Ben abgedüst ist. Würde mich nicht wundern, wenn er mittlerweile mit meinem Sohn in Teheran ist. Denn Konstantin ist nach wie vor unfassbar sauer und distanziert. Aber: Ich weiß nicht einmal genau, weswegen. Weil wir nämlich nicht reden.

Ja, es ist etwas mit Malo passiert. Am Mittwoch im Büro. Ich hoffe, dass jetzt keiner erwartet, dass ich hier ausführlich über mein Sexleben berichte. Das ist nicht meine Art. Es war auch irgendwie ... nicht von dieser Welt. Und das ist jetzt mal ausnahmsweise keine Referenz auf Malos Herkunft. Und nein, es ist in dem Bereich alles wie bei uns. Oh Gott, jetzt schreibe ich ja doch darüber. Nur so viel: Es ist sehr plötzlich passiert. Eben noch hat er mich getröstet wegen der Situation zu Hause. Dann lagen wir plötzlich halbnackt auf der „Besuchercouch", deren Anschaffung ironischerweise ich bei der Einrichtung des Büros vorgeschlagen hatte – ohne jegliche Hintergedanken. Dachte ich zumindest. Ich kann da jetzt wirklich nicht mehr drüber sagen. Das geht niemanden etwas an.

Konstantin weiß es nicht. Klar, er hat vorher spekuliert, dass da was mit Malo läuft. Und letztlich bin ich genau deswegen in Malos Armen gelandet. So eine Art Selffulfilling Prophecy. Aber eigentlich war sich Konstantin gar nicht sicher, konnte es auch nicht sein. Und ich bestreite es nach wie vor. Warum? Weil ich weiß, was passiert, wenn ich die Wahrheit sage. Konstantin wird nicht in Frage stellen, was bei uns alles falsch läuft. Es wird nur noch um „die Affäre" gehen. „Die Affäre" ist aber nicht der Auslöser für unsere Probleme. Die Affäre ist ein Symptom.

Und der größte Witz: Es ist ja gar keine richtige Affäre. Es ist einmal etwas passiert. Und ich war so erschrocken darüber, dass es garantiert nicht wieder passieren wird.

Als Malo mich am Ende der Arbeit am Mittwoch fragte, ob ich nicht abends zu ihm ins Hotel kommen will – da war Schluss. Mich in das Hotel von einem Kerl schleichen, während mein Mann bei der Arbeit ist? Geht's noch? Mir ging's nicht gut damit. Nee, also … Malo ist zwar auch sichtlich verwirrt durch die Ereignisse, aber ich kann jetzt nicht weiter mit ihm darüber reden. Auch wenn sich alles in mir nach einer Berührung von ihm sehnt. Seufz.

So ist also der Stand der Dinge: Konstantin redet seit Tagen nicht mehr als das Nötigste mit mir. Ich sage ihm nicht, was passiert ist. Und rede nicht mehr als das Nötigste mit Malo. Wo das alles hinführen soll? Ich weiß es nicht.

Hotel

Veröffentlicht am Mittwoch, 7. Dezember 2011 – 11:00

Es ist zwar nicht so, dass ich diese Worte auf dem nackten Po meines Geliebten schreibe, aber immerhin bin ich in seinem Hotelzimmer und trage unter dem flauschigen Bademantel – nichts. Hah!

Malo duscht gerade. Ich sitze an seinem hypermodernen und sicher sündhaft teuren Laptop. Und mir ist alles egal. Eigentlich sollten wir ja gerade bei der Arbeit sein, aber die haben wir ja eh nur erfunden, um meinen Mann zu verarschen. Also können wir das Ganze auch in Malos Hotelzimmer verlegen, was wir seit drei Tagen tun. Und wir sind nicht hier, um Filme zu gucken. Ich würde mir so sehr wünschen, dass all das nie aufhört, aber ich weiß natürlich, dass die Realität anders aussieht. Die Realität sehe ich jeden Morgen. Meistens nur kurz im Flur oder an der Wohnungstür, wo das Wichtigste besprochen wird. Dann bringe ich Ben in den Kindergarten und gehe zur „Arbeit". Wenn ich nachmittags nach Hause komme, ist Konstantin dann schon im Restaurant. Und wenn er sehr, sehr spät nachts heimkehrt, schläft er sowieso im Wohnzimmer. Falls er überhaupt schläft. Ich glaube, er spielt tatsächlich meist noch ein oder zwei Stunden „FIFA 12". Also … Selbst wenn ich wollte, wir könnten gar nicht reden.

Heimspiel

Veröffentlicht am Freitag, 9. Dezember 2011 – 21:36

Jetzt dreht Konstantin komplett durch. Er ist gerade beim Fußball. Im Stadion. Mit Ben! Bei unserer kurzen Begegnung am Morgen fand ich seine Ansage bereits etwas merkwürdig: Ich soll doch bitte dafür sorgen, dass Ben so gegen sieben zu Hause ist. Was eigentlich eine sinnlose Ansage ist, weil a) Ben immer um sieben Uhr zu Hause – denn da essen ich mit ihm. Und b) Konstantin Freitagabends nie und nimmer nicht im Restaurant sein kann. Das ist mit Samstag der wichtigste Abend für den Laden, da tobt der Bär. Entsprechend gestaunt habe ich, als Konstantin vorhin auf der Matte stand. Punkt sieben. Mit verbissener Miene verkündete er: „Ich gehe jetzt mit Ben zur Hertha!"

Ich dachte, ich spinne. Er hat sich nicht nur extra deswegen frei genommen, nein, er zerrt das arme Kind bei dem Wetter zu seiner Schlafenszeit ins Stadion! Und was ist seine Antwort, nachdem ich ihm wortreich und ziemlich aufgebracht erklärt habe, wieso er das seinem Sohn unmöglich antun kann, und ihn anflehe, dann doch wenigstens irgendwann nachmittags zu gehen: „Das geht nicht. Heute ist das einzige Heimspiel dieses Jahr."

Als ob das alles erklären würde. Obwohl, wenn ich ehrlich bin: Es erklärt es. Konstantin braucht das einfach. So schnell wie möglich. Es geht natürlich nicht um Ben. Es geht um eine Wiederherstellung seines Status als Vater, Herthafan und besonders als Mann. Malo scheint ihm mit unserem überraschenden Stadionbesuch etwas weggenommen zu haben. Und irgendwie ist das für ihn jetzt das Symbol für die Affäre. Und er … Ach, ich weiß auch nicht. Das klingt so verquast. Ehrlich gesagt habe ich Konstantin noch nie so wenig verstanden wie gerade jetzt.

Oh, sie kommen gerade heim. Viel zu früh.

Ben ist auf Konstantins Arm eingeschlafen. Der Kleine sah ziemlich verheult aus. Konstantin war extrem verbissen und fast ohnmächtig vor Wut. Er hat den Kleinen schlafend umgezogen, ins Bett gelegt und ist dann abgehauen. Ins Restaurant vermute ich. Oh je. Es tut mir weh, Konstantin so zu sehen. Es kann so nicht weitergehen.

Die Beichte

Veröffentlicht am Mittwoch, 14. Dezember 2011 – 11:07

Eigentlich wollte ich ja gestern schon von dem großen Beichtgespräch mit Konstantin berichten, aber ich war noch bei einer lieben Freundin, die letzte Woche ihre Tochter bekommen hat. Was gut getan hat. Nicht nur wegen der vielen Glückshormone, die da in der Luft herumwaberten, sondern auch um nicht aus den Augen zu verlieren, dass wir auch eine Geburt vor uns haben. Eins der größten Wunder überhaupt und ein wahnsinnig anstrengendes, aufreibendes Ereignis dazu. Dafür brauchen wir alle – auch der Vater – unsere Kräfte. Diese „Erkenntnis" macht es mir etwas leichter, mit dem klarzukommen, was bei unserem Gespräch am Montag passiert ist. Das ging so: „Konstantin, wir müssen reden."

Eigentlich hasse ich solche Sätze, aber es war selten richtiger als in dem Moment. Seine Antwort: Weggucken. Es ist Abend. Er macht uns in der Küche eine Kleinigkeit zu essen. Da er Küche und Kochen so liebt, halte ich das für den besten Zeitpunkt, um wegen meiner Affäre mit Malo reinen Tisch zu machen.

„Es geht so nicht weiter, Konstantin. Du hast seit zwei Wochen kein normales Wort mit mir geredet. Du läufst immer weg. Du … Ben leidet darunter. Das wissen wir beide."

Er schaut mich an. Unsicher. Gerade das Thema Ben ist ihm nicht egal. Das weiß ich. Es funktioniert. Ich kann förmlich sehen, wie sich in ihm etwas aufbaut. Ja, ich bin mir sicher: Gleich werden die Vorwürfe aus ihm herausplatzen. Wird endlich ausgesprochen, was wir beide längst wissen. Dann sagt er es: „Ich hatte was mit Janine."

Häh? Janine? Was?

„Es tut mir wahnsinnig leid, Vanessa. Ich war so … verletzt und … Ich weiß auch nicht … Ich komm mir so schäbig vor. Ich … Es tut mir leid. Ich steh nicht mal wirklich auf die."

„Moment, Moment. DU hattest ‚was' mit … wem?"

„Mit Janine. Die Kellnerin, die wir seit dem Sommer haben. Die Dunkelhaarige, die diese Schuhe anhatte, die du so mochtest."

Daran erinnert er sich? Was ist denn hier los?

„Und was genau hattest du mit der?"

„In der Nacht … nachdem wir uns wegen Fußball und so … gestritten hatten … Ich wollte nicht nach Hause nach der Arbeit. Wir waren noch was trinken. Sie hat mich zu sich eingeladen … Es tut mir leid."

Er ist ein totales Wrack. Ein schuldüberladendes kleines Bündel Mann. Und ich? Ich bin einfach nur …

„Deswegen redest du seit zwei Wochen nicht mit mir?"

„Ich weiß. Ich bin ein … Ich werd nie erwachsen."

„Nein, ich meine: Das ist alles?"

„Was soll denn noch sein?"

„Wir hatten uns doch total gestritten. An dem … Montag."

„Ja, weil du mit Ben beim Fußball warst."

„Du hast mir eine Affäre mit meinem Chef vorgeworfen."

Er schaut mich gequält an.

„Das tut mir leid, Vanessa. Wirklich. Ich wollte dir irgendwie wehtun. Das war albern. Ich … Ich will dich nicht verlieren!"

Jetzt wirkt er ziemlich verzweifelt.

„Du warst … einzig und allein sauer, weil ich mit Ben sein erstes Mal im Fußballstadion erlebt habe und nicht du. Deswegen schläfst du mit einer anderen Frau?"

Er nickt beschämt.

„Ingo meint auch, ich würd's übertreiben."

Ich habe dann das Gespräch einfach beendet. Und bin seitdem in so einer Art Schockstarre. Auf gleich mehreren Ebenen. Konstantin ist reizend und lieb. Kümmert sich um mich und Ben, wo er nur kann. Malo habe ich auf Abstand geschoben. Und, na ja … Was jetzt?

Janine

Veröffentlicht am Montag, 19. Dezember 2011 – 16:33

Ich habe sie mir angeschaut. Janine. Ich hab's tatsächlich getan. Gestern hatte sich Konstantin extra frei genommen, um zu Hause zu kochen und um „für uns da zu sein". Ich bin dann einfach gegangen. Wollte meine Ruhe. Er denkt natürlich, weil ich sauer und verletzt bin wegen seiner Affäre. Ich bin aber verwirrt und beschämt wegen meiner Affäre. Klar, auch verletzt. Sonst wäre ich ja nicht zum Restaurant gegangen. Ich habe mich draußen im Dunklen vors Fenster gestellt und gewartet, bis sie auftaucht. Sie dann die ganze Zeit angestarrt, als ob mir das dabei helfen würde zu entscheiden, wie es jetzt weitergehen soll. Hat es nicht. Und sie … Na ja. Dummerweise hat Ingo mich gesehen – bei seiner Zigarettenpause. Er ist nicht nur Konstantins Koch, sondern auch sein bester Freund. Ich habe gemacht, dass ich davonkomme, aber natürlich wird er es Konstantin längst gesagt haben. Dass ich da war. Und sie mir angeschaut habe.

Noch wievielmal schlafen?

Veröffentlicht am Freitag, 23. Dezember 2011 – 16:43

Eigentlich ist die Woche vor Weihnachten immer super anstrengend. Aber diesmal kommt zu der Einkauferei, Planerei und Fragerei („Wievielmal noch schlafen?") hinzu, dass bei uns gerade nichts stimmt. Die ganze Familie ist wie gelähmt durch unsere Affären. Streng genommen hatte Konstantin seine Affäre zuerst. In der Nacht von Dienstag auf Mittwoch nach unserem Streit. Bei mir fing sie erst Mittwochnachmittag an. Dafür ging meine fast zwei Wochen. Und ich … ja, ich empfinde wirklich etwas für den Mann, mit dem ich die Affäre habe. Was man von Konstantin und seiner Uschi nicht sagen kann. Ihm ist die Geschichte einfach nur wahnsinnig peinlich. Und er wünscht sich nichts sehnlicher, als dass ich ihm vergebe und dass alles „wie früher" ist. Das sagt er ständig. Das Dumme: „Früher" war nicht alles gut. Wir hatten eine Menge Probleme und mir ist erst durch das Auftauchen von Malo bewusst geworden, wie es sein kann. Wie ein Mann sein kann. Wie ein Gefühl sein kann. Trotzdem habe ich Malo auf Distanz geschoben. Er hat daran zu knabbern. Akzeptiert es. Ich habe daran zu knabbern. Kann es nicht mehr länger akzeptieren. Denn ich bin gerade verdammt einsam. Und das ist nicht nur doof, weil morgen Weihnachten ist.

Und auch nicht nur, weil ich in knapp zwei Monaten ein Kind erwarte. Einsam sein, obwohl man von lauter Menschen umgeben ist, ist immer beschissen.

Ich werde mit Konstantin reden. Sofort nach Weihnachten. Und ihm endlich von Malo erzählen. Denn es wird so oder so passieren. Und je länger ich es aufschiebe, desto mehr wird Konstantin sauer sein, dass ich ihn habe schmoren lassen. Vor Weihnachten ist es doof. Die Aussprache wird Konsequenzen haben und die sollen Ben nicht die Feiertage versauen, auf die er sich mit jedem geöffneten Türchen mehr freut. Außerdem müht Konstantin sich so dermaßen ab. Er hat sich den Heilig Abend frei genommen, um uns am Abend mit seiner Niedrig-Temperatur-Gans zu verwöhnen. An den Weihnachtsfeiertagen muss er dann arbeiten – das sind wirklich die wichtigsten Tage im Restaurant. Also Dienstag. In vier Tagen.

Frohe Weihnachten

Veröffentlicht am Sonntag, 25. Dezember 2011 – 12:40

Wir sind, was Weihnachten angeht, eher traditionell. Der Weihnachtsbaum wird erst an Heilig Abend gekauft. Dann nachmittags aufgebaut, ohne dass Ben es mitbekommt. Und wenn der Kleine ins Wohnzimmer geführt wird, steht der leuchtende Baum da mit allen Geschenken darunter. So zumindest war gestern der Plan. Ben schlief seinen Mittagsschlaf. Konstantin und ich machten uns an die Arbeit.

Der Baum ist mal wieder ein wenig schief. Das hat auch Tradition bei uns. Und liegt daran, dass wir in der Regel die Letzten sind, die einen kaufen. Früher fanden wir das lustig. Als Konstantin gestern mit der schiefen Tanne ankam, musste ich allerdings nur seufzen. Damit war dann schon der Tonfall fürs Schmücken gesetzt. Ich war extrem gereizt. Aus irgendwelchen Gründen fällt es seit jeher mir zu, die Lämpchen im Baum anzubringen, obwohl das wahrscheinlich die mühevollste Aufgabe überhaupt ist, zumindest wenn man so eine Fünfzigerlichterkette hat. Natürlich hatte Konstantin angeboten, die Aufgabe zu übernehmen, weil ich mit meinem dicken Bauch kaum noch in die Ecke hinter den Baum passe, aber dass er aus schlechtem Gewissen mittlerweile alles tut, stresst mich nur noch mehr. Also habe ich darauf bestanden, die Lichter selbst anzubringen. Ich habe es gehasst! Ich habe gewurschtelt und geflucht. Mit jeder gut gemeinten Anweisung oder Hilfestellung von Konstantin wurde es schlimmer. Das gipfelte schließlich in folgendem Gespräch:

Konstantin (nett): „Schatz, du bist ein wenig rechtslastig."

Ich (supergereizt): „Was?"

„Nichts, nichts!"

„Konstantin, sag es, wenn du was sagen willst!"

„Nicht wichtig." Er murmelt: „Auf der Seite sind kaum Lichter!"

Ich hasse es, wenn er murmelt. Das macht er immer, wenn er unsicher ist.

„Was?"

„Hier sind kaum Lichter!"

„Da komm ich ja noch hin!"

„Oh. Entschuldige!"

„Du musst dich nicht dauernd entschuldigen. Das nervt."

„Tut mir leid. Sorry!"

„Hast du dich jetzt gerade dafür entschuldigt, dass du dich entschuldigt hast?"

Da war es irgendwie aus bei mir. Ich steh da mit Tannenzweigen im Gesicht hinter dem schiefen Baum, habe höllische Rückenschmerzen, keine Ahnung, wie ich je wieder mit dem Lämpchenkabel bei der Steckdose rauskommen soll und Konstantin steht mit diesem Bitte-hab-mich-wieder-lieb-Gesicht vor mir, das ich sowieso immer schon schrecklich fand. Das aber im Moment sowas von überflüssig ist. Denn: „Ich hatte auch 'ne Affäre!"

Das habe ich allerdings nicht nur gedacht. Das habe ich gesagt. Ziemlich aggressiv. Zu Konstantin. Er versteht sofort, dass es mir ernst ist. Schaut mich fassungslos an.

„Ja, verdammt nochmal. Du bist nicht der Einzige. Aber du hattest deine Affäre zuerst."

„Mit deinem Chef?"

Ich seufze, was wie ein „Ja" klingen muss. Da schlägt das Babyfon an. Ben ist wach. Und der Baum nicht mal fertig. Konstantin wird sehr ruhig, schaltet von „Verzeih mir" ganz schnell auf „Du bist ein Wurm" um. Was ihn vom Gesichtsausdruck her sehr viel attraktiver macht, aber entspannt ist die Situation trotzdem nicht. Er sagt: „Ich lenke Ben ab. Du machst den Baum fertig."

So haben wir es dann gemacht. Es gab selten eine Bescherung und ein Weihnachtsessen, das heuchlerischer war. Wegen Ben haben wir uns beide unendlich zusammengerissen. Und ich habe am Abend nicht einmal protestiert, als Konstantin ein paar Sachen zusammengepackt hat, um zu Ingo zu gehen. Dort hat er übernachtet. Heute habe ich ihn noch nicht gesehen.

Guten Rutsch

Veröffentlicht am Samstag, 31. Dezember 2011 – 15:40

Ich hoffe, alle hatten eine besinnliche und ruhige Woche „zwischen den Jahren“. Ich hatte keine ruhige Woche. Sondern eine der bewegtesten und aufwühlendsten in meinem Leben. Und das acht Wochen vor der Geburt meiner Tochter. Bei dem ganzen Trubel komme ich auch nicht mehr regelmäßig zum Bloggen. Hier die Kurzform der letzten Woche:

Samstag
Meinem Ehemann offenbart, dass nicht nur er, sondern auch ich eine Affäre hatte. Angespanntester „Heilig Abend“ seit Beginn der Zeitrechnung. Ehemann geht.

Sonntag
Den ganzen Tag nach Verharmlosungen für Ben, meine Eltern und die Nachbarn gesucht, dafür, dass mein Mann Weihnachten nicht da ist. Mühsam die Fassade der frohen Weihnacht plus heilen Familie aufrechterhalten.

Montag
Fassade zusammengebrochen. Selbst zusammengebrochen. Gegen jede Schwüre doch (mit Ben) zu Malo gegangen. In den Arm genommen worden. Viel geweint.

Dienstag
Ehemann wartet in der Wohnung auf mich. „Warst du bei ihm?“ Tag der Beschimpfungen. Alles kommt auf den Tisch. (Na ja, bis auf das mit dem anderen Planeten – das würde hier sicher nicht helfen …) Ehemann realisiert zum ersten Mal die Dimension der „Affäre“. Die zeitliche und die gefühlsmäßige. Nur die Anwesenheit von Ben im Nebenzimmer verhindert eine „Beziehungstat“. Zumindest fühlt es sich teilweise so an. Mantra zugelegt: „Er weiß nicht, was er tut. Er ist sehr verletzt!“ Mit Ben wieder zu Malo. Ben versteht nichts, liebt es aber, bei Malo zu sein. Ich auch.

Mittwoch
Beim Aufwachen von Malo verkündet bekommen, dass er bei mir bleiben will. Auf meinem Planeten. „Welt erklären“ kann ihn mal. Der Führer auch. Bin gerührt, aber noch lange nicht so weit, dass ich das annehmen kann. Will ich das überhaupt? Geht das überhaupt? Gestohlener Tag auf Weihnachtsmarkt und in Cafés.

Donnerstag
Ehemann verlangt „Rausgabe“ von Ben. Zerlegt nach Ablehnung dieses Anliegens in meiner Abwesenheit halbe Wohnung. Okay, nur ein paar Sachen in meinem „Arbeitszimmer“. Trotzdem: Echte Angst. „Er weiß nicht, was er tut. Er ist sehr verletzt! “ Froh, dass er irgendwann ins Restaurant muss. Beschluss, erst einmal nicht mehr nach Hause zu gehen.

Freitag
Alle wissen Bescheid. Ehemann hat seine Sicht der Dinge scinen Eltern, meinen Eltern, unseren Freunden, sei-

nen Mitarbeitern, Frau Bieber, dem Zeitungszusteller und wahrscheinlich diversen Leuten in diversen Berliner Kneipen mitgeteilt. Die Sicht der Dinge des Ehemanns beinhaltet Worte wie „verarscht“, „Schlampe“ und „Fickbüro“. „Er weiß nicht, was er tut. Er ist sehr verletzt! “

Samstag
Beim von Malo eskortierten Versuch, zu Hause ein paar Klamotten für mich und Ben zu holen, festgestellt, dass Ehemann das Schloss ausgetauscht hat. „Meinung“ von Frau Bieber zum wiederholten Mal im Treppenhaus mitgeteilt bekommen. Zusammenbruch in Malos Armen.

Nicht der erste Zusammenbruch. Aber der letzte, bevor ich das hier schreiben konnte. Auf Malos Computer im Hotel. Ohne Malo wäre ich gerade aufgeschmissen. Was ich auf der anderen Seite aber auch hasse. Ich bin gerne mit ihm zusammen. Ich will aber nicht so schwach und am Abgrund sein. Er macht so viel für mich, so selbstverständlich, so voller Geduld und Gefühl, dass ich doch nie wieder die Starke sein kann bei ihm. Das nervt. Die Abendplanung: Essen im Hotelzimmer. Niemanden sehen. Früh schlafen. Die Zukunft: Ungewiss.

Haltbar

Veröffentlicht am Donnerstag, 5. Januar 2012 – 16:59

Die Lage hat sich im neuen Jahr ein wenig entspannt. Und auch wieder nicht. Irgendjemand muss Konstantin nach seinen Ausrastern letzte Woche mal ordentlich Bescheid gesagt haben. Ich vermute seinen besten Freund Ingo dahinter, dass Konstantin zumindest wieder sachlich mit mir umgeht. Und mir sogar die „neuen" Schlüssel zu unserer Wohnung gegeben hat. Mit der Versicherung, dass ich „erst einmal" dort bleiben kann – er schläft „woanders". Da Ben nun auch wieder in den Kindergarten geht und ich ja nicht ernsthaft ewig mit dem Kleinen in dem Hotelzimmer meines außerirdischen Liebhabers wohnen kann, bin ich nun wieder zu Hause. Seit vorgestern.

Ein paar Tage war es ruhig. Ich konnte mein Leben sortieren und meinen Freunden und Verwandten meine Version der Trennung vermitteln. Zeit hatte ich genug. Ich arbeite jetzt ja nicht mehr. Wieso sollten wir diese Scharade mit der Filmproduktion weiter aufrechterhalten? Außerdem habe ich mittlerweile einen sehr ansehnlichen Bauch, der schwerer und schwerer wird. Nicht nur durch das Baby. Krisentage plus Weihnachtszeit: Ich habe ordentlich Süßkram gefuttert und kann die maximal elf Kilo Zunahme so dermaßen vergessen. Aber das ist im Moment mein kleinstes Problem.

Eher problematisch ist die neueste Verrücktheit von Konstantin, die ich eigentlich hätte erahnen können. Da ich bei unserem großen „Wahrheitsgespräch" auch erwähnt habe, dass ich Malo (für Konstantin immer noch „Stefan Müller") schon vor einigen Jahren kennengelernt habe, hat mein Mann nun eine alte Geschichte ausgegraben: Ben kann nicht von ihm sein! Die Diskussion gab es tatsächlich mal für eine Weile, da ich rund um den errechneten „Empfängnistermin" zwei Wochen lang für meinen damaligen Job in Barcelona gewesen bin. Dreh für irgendein bekloptes Fernsehmagazin, bei dem ich allerdings weder die Zeit noch die Lust für einen Seitensprung gehabt hätte – ganz abgesehen davon, dass ich Konstantin damals sehr geliebt habe. Ernsthaft haben wir das früher natürlich nie diskutiert – es war mehr so ein Kuriosum und führte zu der Theorie, dass seine Spermien eben besonders lange haltbar sind. Aber jetzt. Jetzt ist Konstantin nicht nur auf dem Ich-hab-es-ja-immer-gewusst-Trip, sondern er will auch noch einen Vaterschaftstest machen. Tja, dementsprechend stand er da eben mit einem beknackten Wattestäbchen in der Hand vor Ben, als wir aus dem Kindergarten nach Hause kamen, und wollte etwas von Bens Mundschleimhaut haben. An dem Punkt sind wir nun also angekommen. Ben fand's Gott sei Dank lustig. Mir soll es egal sein, denn der letzte Fall von Empfängnis, von der man selbst nix weiß, liegt schon eine Weile zurück und passt so gar nicht zu mir.

Während Konstantin sich nun also weiter abarbeitet, macht mir Malo Sorgen. Er ist unglaublich lieb zu mir. Und ich glaube ihm auch, dass er bei mir bleiben will. Aber es ist halt nicht so, dass er mal eben seine Wohnung in Bielefeld auflösen und mit mir neu in Berlin anfangen kann. Da hängt ein bisschen mehr dran. Eine ganze Welt in dem Fall. Und wie es scheint, bekommt er in irgendeiner Art und Weise bereits Druck. Er muss oft … ich nenne es jetzt mal telefonieren. Er macht irgendwas mit seinem kleinen schwarzen Glitzerkästchen im Bad des Hotelzimmers. Und danach braucht er sichtlich einen Moment, um sich zu sammeln. Er will nicht darüber reden. Gestern hat er dann auch noch den „Führer“ getroffen, um „den Schein zu wahren“. Wie genau er das Hierbleiben mit seinen Co-Aliens regeln will, hat er mir noch nicht offenbart. Ich hoffe inständig, dass es keine Kämpfe mit Laserschwertern beinhaltet. Aber selbst das würde mich mittlerweile nicht mehr überraschen …

Das Ergebnis

Veröffentlicht am Dienstag, 10. Januar 2012 – 13:37

Okay, ich muss jetzt mal … tief durchatmen. Irgendwas läuft hier sehr, sehr aus dem Ruder. Konstantin scheint komplett durchzudrehen. Ich weiß noch nicht, wie er es gemacht hat und was er damit beabsichtigt, aber …

Von vorne. Ich bin hier im Hotel bei Malo, schreib kurz auf seinem Computer, weil mich das Treffen mit Konstantin gerade eben so aufgewühlt hat. Er hat ja diesen beknackten Vaterschaftstest bei Ben gemacht. Ich meine: Ich bin die Mutter. Ich weiß, mit wem ich geschlafen habe. Und natürlich habe ich mit niemand anderem als Konstantin geschlafen. Damals. Als ich schwanger wurde. Trotzdem steht eben ein wutentbrannter Konstantin vor mir an der Wohnungstür, wedelt mit einem Brief von diesem … Vaterschaftstestinstitut und sagt immer wieder „Ich hab’s gewusst“. Irgendwann gelingt es mir trotz Wedeln, den Brief aus seiner Hand zu nehmen, und da steht tatsächlich: Er ist zu hundert Prozent nicht der Vater von Ben!

Also genauer gesagt steht da, dass die abgegebenen Proben nicht zusammengehören. Und da frage ich mich natürlich: Was für eine Probe hat Konstantin von sich selbst abgegeben? Wenn man mal davon ausgeht, dass das ein seriöses Institut ist und die nicht gepennt haben beim Auswerten, dann ist die einzige Erklärung ja wohl, dass Konstantin eine falsche Probe von sich selbst abgegeben hat. Aber: Warum macht er das? Was will er mir beweisen? Was soll das?

Ich habe ihn das natürlich auch gefragt, aber er hat die Frage gar nicht verstanden und wollte von mir die ganze Zeit „die Wahrheit" wissen. Es war völlig absurd und nur dadurch zu beenden, dass wir uns auf einen weiteren Test geeinigt haben, bei dem Blut abgenommen wird und diesmal ich das Institut aussuche. Das ist alles so …

Oh.

Malo kommt gerade aus dem Bad. Er sagt, er muss mir etwas erklären. Der Test stimmt. Konstantin ist nicht der Vater von Ben. Was?

Barcelona

Veröffentlicht am Donnerstag, 12. Januar 2012 – 3:34

Im Februar 2009 war ich für ein Fernsehmagazin Drehredakteurin einer Reportage über das Nachtleben in Barcelona. Reportagen über das Nachtleben dreht man natürlich bevorzugt nachts, also war der Dreh ziemlich anstrengend. Besonders wenn man eine trinkfreudige Crew hat und nicht immer als Erste aufs Hotelzimmer gehen will. Deswegen war ich damals auch nicht erstaunt, dass ich an meinem freien Abend fix und fertig war und es vor Müdigkeit nicht mehr geschafft habe, mich abzuschminken – was in meinem Leben noch nie vorgekommen ist. Das war am 14. Februar, was ich deswegen noch so genau weiß, weil Konstantin mich mit Blumen zum Valentinstag überraschen wollte, aber ich weder den Pagen an der Zimmertür noch das Handy gehört habe – so fest habe ich gepennt. Und ich bin dann erst wieder morgens um zehn benommen aufgewacht. Die ganzen nächsten Tage ging es mir nicht so gut. Hab's auf die Tapas in dem eigentlich exzellenten Restaurant geschoben, in dem wir an dem Tag zum Lunch gewesen waren. Heute weiß ich: Es lag an den K.o.-Tropfen vom anderen Planeten. Und an einer nächtlichen „Operation", für die man mich angeblich nicht einmal berühren musste. Aber die zielsicher dazu geführt hat, dass ich neun Monate später Ben zur Welt gebracht habe. Man könnte es auch „unbefleckte Empfängnis" nennen.

Es ist halb vier, ich kann nicht schlafen. Ich habe eben noch einmal meinen gesamten Blog gelesen. Und mich die ganze Zeit gefragt: Hätte ich drauf kommen können? Ich weiß es nicht, aber es gab Anzeichen: Wo habe ich Malo kennen gelernt? In einem Biovegetarierladen. Wo er sich nach meinen Eisenwerten erkundigt hat. Das war kein Smalltalk. Das war eine „Rekrutierung". Sie suchten eine gesunde Frau mit guten Genen. Ich nehme das jetzt einfach mal als Kompliment.

Dann war es ja schon irgendwie strange, wie wahnsinnig Ben auf Malo abgefahren ist. Und wie sehr sich Malo um ihn gekümmert hat. Als Mutter findet man so etwas einfach nur toll. Denkt im Leben nicht, dass da was anderes dahintersteckt. Nämlich dass die beiden so dicke sind, weil alle Vater-Sohn-Beziehungen in deren Welt so eng sind. Irgendwas mit den Genen steckt da angeblich dahinter. Die „riechen“ einander.

Na ja, und dann die Begegnung mit Vigo, die hinterher von Malo erklärt wird mit einer Opposition, die „es nicht so gut findet, was wir hier machen.“ Ich habe mich ja damals sogar gefragt, was die nicht gut finden. Jetzt weiß ich, dass sie gegen den ersten Versuch waren, ein Wesen von ihrem Planeten mit einem Menschen von der Erde zu „kreuzen“.

Und mit wem wird man gekreuzt: Natürlich mit jemandem, der „positiv bewertete Gene“ hat. Auch das hat Malo mir erzählt. Eigentlich hat er mir alles erzählt. Nur eben diese Klitzekleinigkeit nicht. Das, was in der Nacht in Barcelona geschehen ist. Davon hat er nichts gesagt. Er durfte nicht! Natürlich! … Aber er wollte! Ja, das hat er geschworen. Er wollte! Nachdem er sich in mich verliebt hat. Aufrichtig verliebt hat. Wirklich total echt und ehrlich verliebt. Meine Güte, er hat es ja sogar erzählt. Er hat alles erzählt. Gestern, nachdem Konstantin mit dem Ergebnis des Vaterschaftstests angekommen ist. Aber hat Malo wirklich geglaubt, ich hätte irgendwas außer Verachtung für ihn übrig nach der Eröffnung? Hat er? Ich weiß es nicht! Ich werde es auch nicht erfahren, denn ich werde ihn nie wiedersehen. Ich nicht. Und Ben auch nicht. Malo kann ja seine Vaterschaft einklagen. Den Prozess würde ich gerne sehen. Wirklich gerne!

Illegal Alien

Veröffentlicht am Mittwoch, 18. Januar 2012 – 10:36

Ich will jetzt nicht auf Mitleid machen, aber ich bin echt durch. Mein errechneter Geburtstermin ist in einem Monat, das heißt, ich schlepp eine ganz schöne Kugel mit mir rum, habe Rückenschmerzen, dicke Beine und will einfach nicht mehr!

Nach der Eröffnung, dass Ben ein Halbalien ist, bin ich nach einer anfänglichen Schreckstarre zu jedem erdenklichen Arzt gegangen, um das Kind durchchecken zu lassen. Ich weiß nicht, ob das übertrieben war, aber wir haben ja alle „Rosemary's Baby" gesehen und meine Fantasie, was mit Ben noch alles passieren könnte, wenn er mit diesen „Genen" groß wird, ist ausufernd. Aber alle Ärzte haben ihm beste Gesundheit bescheinigt und nichts Unnormales gefunden. Außer seiner Mutter, die Unsummen für scheinbar überflüssige Untersuchungen ausgibt.

Ich wollte mich auch mal rechtlich erkundigen, was diese interplanetare Vaterschaft zu bedeuten hat, aber in einem Rechtsberatungsforum haben sie mein Posting einfach gelöscht und bei einem Schulfreund, der Anwalt ist, kam ich mit meinem „Spaßeshalber: Was wäre wenn" auch nicht viel weiter. Der hat nur blöde Witze über „Illegal Aliens" gemacht und mich an die UN verwiesen.

Derweil versuchen Malo und Konstantin die ganze Zeit mich zu erreichen. Malo, weil er sich entschuldigen will oder was weiß ich. Und Konstantin, weil er immer noch auf dem Trip ist, dass wir jetzt einen richtigen Bluttest machen, um mal rausfinden, wer Bens Vater ist. Überraschung, Schatz, ich weiß es schon. Dass Konstantin übrigens wirklich der Vater von Lucy ist, hat Malo mir groß und breit geschworen. Na ja, auch bei ihr muss sofort nach der Geburt ein Test her. Ich glaub gar nix mehr.

So oder so. Nun steht es an. Das entscheidende Gespräch mit Konstantin. Wir sind morgen früh verabredet. Ich muss ihm endlich die Wahrheit sagen über Malos Herkunft. Das wird nicht leicht. Wenn ich Pech habe, erklärt Konstantin mich für verrückt und/oder wittert irgendein undurchschaubares Kindesentzugsmanöver, aber ich muss es versuchen. Ich hoffe, dass das nicht alles noch schlimmer macht und Konstantin komplett abdreht. Das steh ich sonst nicht durch!

Absurd

Veröffentlicht am Freitag, 20. Januar 2012 – 12:54

Gestern war ich also mit Konstantin verabredet, um ihm die ganze Wahrheit zu sagen. Über meinen außerirdischen Samenspender.

Konstantin kommt zu spät. Wir waren für zehn bei uns in der Wohnung verabredet. Um halb elf ist er immer noch nicht da. Was mir Sorgen macht, denn Konstantin ist vieles, aber nicht unpünktlich, gerade wenn es wichtig ist. Ich gehe zum hundertsten Mal in meinem Kopf durch, wie ich ihm nun nahebringe, dass sein Sohn zur Hälfte ein Alien ist. Ich bin mir eigentlich sicher, dass er mir das nicht glauben wird. Er glaubt ja nicht mal an Homöopathie und ganz sicher nicht an UFOs oder so. Da kommt er endlich. Gehetzt. Mit einem fassungslosen Gesichtsausdruck. Bevor ich etwas sagen kann, platzt es noch in der Tür aus ihm heraus: „Von einem anderen Planeten?"

Ich bin baff, komme aber überhaupt nicht dazwischen.

„Du wusstest die ganze Zeit, dass er ein Außerirdischer ist? Und sagst nichts?"

Okay, offensichtlich glaubt er es sogar, ohne dass ich etwas sage. Was war passiert? Auf dem Weg zu mir hat er Malo getroffen. Beziehungsweise dieser hat Konstantin aufgelauert. Keine Ahnung, ob das Zufall war, oder ob Malos tolles schwarzes Kästchen ihm verraten hat, dass wir uns treffen und über ihn reden wollen. Auf jeden Fall hat Malo Konstantin eben jenes Glitzerkästchen auf den Kopf gesetzt – wie einst mir – und ihm damit den unzweifelhaften Beweis geliefert, dass er von einem anderen Stern ist. Malo hatte offensichtlich nur „einen Wunsch": Dass wir uns wieder „vertragen" (also Konstantin und ich) und dass er (also Malo) noch einmal mit mir reden darf. Streng genommen sind das natürlich zwei Wünsche und ich sehe bei beiden nicht, dass sie sich erfüllen lassen.

„Du hast uns alle in Lebensgefahr gebracht!", ist das Nächste, was mir Konstantin an den Kopf knallt. Er ist fassungslos, aufgebracht, besorgt, wütend, ratlos. Alles zur gleichen Zeit. Willkommen in meiner Welt.

„Was?"

„Ey, die sind uns hundertfach überlegen. Du hast auch diesen … diesen ‚Film' gesehen? Mit diesem Kästchen auf dem Kopf?"

Ich nicke stumm.

„Die können unseren ganzen Planeten auslöschen. Mit einem Handstreich!"

„Okay, Konstantin, das mag sein. Sie machen es aber nicht. Und es ist ehrlich gesagt auch nicht unser Problem."

„Wenn das nicht unser Problem ist … Dann … Dann …"

Er atmet tief durch.

„Okay …"

Er sieht offensichtlich ein, dass es Unmittelbareres als die Rettung der Erde gibt: „Wir müssen mit Ben zum Arzt! Ich will wissen, ob er okay ist. Ob er … Was dieser … dieser Planetenkack für ihn bedeutet!"

Aha. Er lässt sich zwar etwas beruhigen dadurch, dass ich ihm von meiner Ärzteodyssee berichte, sämtliche Untersuchungsergebnisse zeige und vermittle, was die Ärzte gesagt haben, aber dennoch hat er vor allem Sorge um Ben. Obwohl dieser nicht einmal sein Sohn ist. Das und auch meine Affäre scheinen für den Moment nebensächlich. Hauptsache Ben geht es gut. Es geht noch weiter. Als er sich wegen Ben einigermaßen beruhigt hat, fragt er sogar, ob es mir gut geht, nachdem ich ja so viel „Kontakt" mit dem Alien hatte. Ich kann ihn auch da beruhigen und versuche ihm zu erklären, dass es so schlimm nun auch wieder nicht ist und dass es mich rührt, wie er sich sorgt, da platzt er mittenrein: „Wir müssen Ben aus dem Kindergarten holen! Er ist nicht mehr sicher! Los!"

Er geht schon zur Tür.

„Konstantin, es ist alles in Ordnung mit ihm."

„Vanessa, dieser Außerirdische sieht Ben als seinen Sohn! Der wird ihn sich holen. Ihn auf seinen Planeten mitnehmen. Dann gucken wir doof. Da kommste nicht weit mit 'nem Auslieferungsantrag! Dann ist Ben weg!"

Ich muss zugeben: Mir wurde etwas schummrig bei dem Thema. Und mir fiel auf, wie bedingungslos ich

Malo nach wie vor vertraute, denn so ein Gedanke wäre mir niemals von alleine gekommen. Aber was weiß ich wirklich über Malo? Für eine Weile habe ich noch probiert, Konstantin davon zu überzeugen, dass Malo und auch seine Leute uns nichts Böses wollen, aber natürlich hat er auch irgendwie recht, dass einer Frau ohne ihr Wissen ein Kind einzupflanzen nicht gerade unter „nichts Böses" fällt.

Also haben wir Ben gestern Mittag gemeinsam aus dem Kindergarten geholt (hat der sich gefreut!). Konstantin ist wieder zu uns gezogen (Couch) und wir verlassen das Haus seitdem nur, wenn es absolut nötig ist. Obwohl Konstantin an einem Wochenende eigentlich nicht im Restaurant fehlen kann, will er bei uns bleiben.

„Fußball fängt ja auch wieder an", erklärt er mir mit einem schiefen Lächeln. Und für eine Sekunde denke ich darüber nach, ob er die Alien-Gefahr tatsächlich vorschiebt, um sich für die Bundesliga freinehmen zu können. Nach allem, was passiert ist, nicht undenkbar. Aber so rührend, wie er sich um Ben kümmert, scheint es ihm ernst zu sein. Gerade ist er kurz draußen, um einzukaufen. Er will für uns kochen. Mir kommt das alles etwas absurd vor und richtig Angst habe ich auch nicht. Aber vielleicht auch nur, weil „absurd" in den letzten Monaten mein Dauerzustand war. Eigentlich müsste ich mir Sorgen machen, oder?

Fichtelberg

Veröffentlicht am Donnerstag, 26. Januar 2012 – 15:32

Wir hören nichts mehr von Malo. Seit er letzte Woche Konstantin abgepasst hat, kommt nichts mehr von ihm. Davor hat er regelmäßig angerufen und wollte unbedingt mit mir reden. Mich sehen. Jetzt: Nix mehr. Das macht uns nervös. Konstantin noch deutlich mehr als mich. Ich weiß nicht so genau, was ich davon halten soll. Auch dass wir uns hier zu Hause verbarrikadiert haben, geht mir langsam auf die Nerven. Ben ist nicht im Kindergarten, obwohl er fit ist und ein offensichtliches Rumrennbedürfnis hat. Aber Konstantin will nicht, dass der Kleine rausgeht. Er hat nach wie vor extreme Angst, dass Malo Ben entführen könnte.

„Die wollen uns nur in Sicherheit wiegen. Das machen die immer so!"

Das hat er allen Ernstes gestern gesagt. Ich frag mich, wieso er plötzlich der Experte für Kindesentführungen durch Außerirdische ist. Aber er lässt kaum mit sich reden. Und ich tue mich auch schwer, ihm zu widersprechen. Denn ich finde es toll, wie er zu mir steht und für keine Sekunde Zweifel daran gelassen hat, dass er Ben nach wie vor als seinen Sohn sieht – auch wenn er es biologisch nicht ist. Konstantin war da sehr klar. Er hatte sich schon viele Gedanken darüber gemacht, als er noch dachte, Ben wäre bei einem Seitensprung entstanden. Und auch in dieser Situation beschlossen, dass er um den Jungen kämpfen würde. Nachdem nun klar ist, dass es eine „unbefleckte Empfängnis" war, ist ihm das noch wichtiger. Er will, dass wir wieder eine Familie werden.

Er kümmert sich rührend um uns. Geht nur selten ins Restaurant – und wenn, dann bringt er wahnsinnige Leckereien mit. Oder er fährt auf dem Rückweg extra beim U-Bahnhof Schönleinstraße vorbei, wo es seit Neuestem hervorragende Onigiri gibt, auf die ich jetzt zum Ende der Schwangerschaft ständig Heißhunger habe. Und er spielt natürlich endlos viel mit Ben. Ich glaube, in den ganzen letzten zwei Jahren haben die beiden abseits von Urlauben nicht so viel Zeit miteinander verbracht. Wenn da nur nicht Konstantins Paranoia wäre.

Denn die ufert nun aus und macht mich etwas ratlos. Er „hat beschlossen", dass wir Berlin für eine Weile verlassen sollten. „In die Berge gehen". Damit „Gras über die Sache wächst". Ich weiß nicht, ob er zu viele Agentenfilme geguckt hat, aber ich kann mir nicht vorstellen, dass Gras oder sonstwas Malo daran hindern würde, uns zu finden – wenn er es wirklich will. Doch Konstantin will nach dem Wochenende mit uns zum Fichtelberg. Ja, wir hatten dort mal einen wunderschönen romantischen Schneeurlaub in einem krass hässlichen Hotel (weswegen wir unser Zimmer umso weniger verlassen haben.) Und ja, Ben freut sich wie blöd auf die Aussicht, im Schnee tollen und Schlitten fahren zu können. Aber ob uns das vor dem Zugriff der Außerirdischen schützt, weiß ich wirklich nicht. Vor allem will ich aber hochschwanger nicht bei minus zehn Grad durch die Berge stapfen und mein Kind doch lieber in Berlin bekommen, auch wenn die da in der Nähe („nur dreißig Minuten mit dem Auto – wenn die Straße frei ist") ein wahnsinnig tolles Krankenhaus mit „Wassergebärlandschaft" und allem haben. Konstantin redet mir es jetzt seit Tagen schön, dass wir die kleine Lucy unbedingt dort zur Welt bringen sollen. Die Luft ist ja auch viel besser als hier. Heute Morgen hat er nun eine Hütte gemietet. „Open

End". Sonntag will er fahren. So sehr es mich auch rührt, dass er für Ben sogar sein Restaurant vernachlässigen würde: Allmählich muss ich ihm mal klarmachen, dass das nix wird. Das ist mir wirklich zu kalt! Und überhaupt.

Die Entführung

Veröffentlicht am Sonntag, 29. Januar 2012 – 13:05

Ich glaube, ich spinne. Konstantin hat jetzt so viel Paranoia wegen einer möglichen Entführung von Ben durch unsere Alien-Freunde entwickelt, dass er Ben selbst entführt hat. Kein Witz.

Die letzten Tage ging es hier hoch her. Konstantin hat sich immer mehr darauf versteift, dass er mit Ben „in die Berge" gehen will, damit niemand den Kleinen findet. Ben war auch zunehmend begeistert von der Idee. Seit es gestern geschneit hat, will er unbedingt Schlitten fahren und Konstantin hat jede Gelegenheit genutzt, um ihm zu erklären, dass hier ja nicht genügend Schnee liegt, aber auf dem Fichtelberg schon.

„Doch die Mami will leider nicht dahin fahren."

Wir haben richtig fies gestritten und dabei gleich einiges an schmutziger Wäsche gewaschen, von der sich in den letzten Wochen wahrlich genug angesammelt hatte.

Ich habe irgendwann die Reißleine gezogen und es schlichtweg verboten, dass wir fahren. Ich sehe keinen Sinn darin, sich vor etwas zu verstecken, was wir überhaupt nicht einschätzen können. Vor allem haben wir von Malo seit Ewigkeiten nichts mehr gehört. Wahrscheinlich ist das Thema also eh durch. Und wir können uns darauf konzentrieren, dass wir bald ein weiteres Kind bekommen, und die Frage klären, was aus unserer Ehe wird. Wie es im Moment aussieht: Gar nix!

Denn heute Morgen war ich eigentlich der Meinung, dass das Thema „Verstecken in den Bergen“ durch sei. Und das Verstecken bei uns in der Wohnung auch nicht mehr so wichtig. Also bin ich endlich mal wieder an die frische Luft gegangen. Nach mehr als einer Woche. Brötchen holen. Konstantin hat es liebevoll unterstützt.

„Ja, mach das! Wird dir guttun!“

Arschloch!

Entschuldigung, aber anders kann ich das nicht sagen. Denn er hat mich nur gehen lassen, um sich dann Ben zu schnappen und den Koffer, den er offensichtlich nachts heimlich gepackt hat. (Wieder der Beweis: Ich habe einen viel zu festen Schlaf!) Und dann sind sie abgehauen. Als ich eben nach Hause gekommen bin und den Zettel gefunden habe, hat mich beinahe der Schlag getroffen: „Wir sind unterwegs zum Fichtelberg. Du kannst gerne nachkommen. Sorry, es ging nicht anders.“

Was mache ich denn jetzt?

Schlitten fahren

Veröffentlicht am Montag, 30. Januar 2012 – 13:17

Mir reicht es jetzt. Zwei Telefonate hat Konstantin gestern nach Bens Entführung noch zugelassen, aber dabei stoisch abgelehnt umzukehren. Er ist total davon überzeugt, das Richtige zu tun. Er will Ben „aus der Schusslinie“ nehmen. Ich sehe hier weit und breit keine Schusslinie. Malo scheint zu seinem Planeten zurückgekehrt zu sein. Und ich will, dass wieder ein einigermaßen normales Leben stattfindet. Doch Konstantin hockt jetzt mit Ben in einer „wunderschön kuscheligen“ Hütte am Fichtelberg und will dort „ein paar Wochen“ bleiben. Alle meine Argumente prallen an ihm ab, stattdessen will er mir schmackhaft machen, wie toll es dort ist.

„Wir holen dich auch in Chemnitz am Bahnhof ab!“

Na super!

Gestern Nachmittag waren sie Schlitten fahren und Ben hat es geliebt! Der will da „überhaupt nicht mehr weg“. Kunststück. Ans Handy geht Konstantin jetzt nicht mehr. Ich soll ihm eine SMS schicken, wenn ich komme. Das ist ein Alptraum. Ich habe sogar kurz darüber nachgedacht, die Polizei einzuschalten. Aber mal abgesehen davon, dass ich mir nicht vorstellen kann, dass die sofort losrennen und Ben zurückbringen: Wir hatten uns aus guten Gründen dagegen entschieden, irgendwelche Behörden einzuschalten. Natürlich haben wir aus Angst um Ben die Möglichkeit erwogen, uns „an die Regierung“ zu wenden. Aber es braucht nicht viel Phantasie, um sich vorzustellen, dass Bens Leben dann ein Desaster würde. Er wäre offiziell der erste Halbalien der Welt! Dic Schlagzeilen möchte ich ihm wirklich ersparen. Das kommt für mich nicht in Frage. Ich will ein normales, ruhiges Leben für ihn. Deswegen fahre ich jetzt zum verdammten Fichtelberg und hole ihn zurück nach Berlin!

Geplatzt

Veröffentlicht am Montag, 30. Januar 2012 – 17:04

Schreibe mit iPhone. Entschuldigt, wenn etwas wirr und unübersichtlich ist. Und ich zwischendurch mal abschweife. Liegt an den Wehen. Die ich alle zehn Minuten habe. Ich bin nicht am Fichtelberg. Ich bin Krankenhaus. In Berlin. Malo ist draußen, besorgt etwas zu essen. Ich habe wahnsinnigen Hunger! Ich komme bei uns aus dem Haus, will zum Bahnhof. Fichtelberg. Da steht er vor mir. Aus dem Nichts. Verdammt attraktiv. Wie früher. Redet von: Letzter Chance. Aussprechen. Und so. Ich bin verwirrt. Keine Ahnung, obs an der Aufregung lag. Plötzlich spüre ich, dass mein Bein nass wird. Richtig nass. Man siehts durch die Hose. Dachte erst, ein Hund pinkelt mich an. Doch dann habe ichs kapiert. Die Fruchtblase ist geplatzt. Panik. Es ist noch zu früh! Und ich muss doch zuBen. Malo wie immer: Souverän. Packt mich in Auto und fährt los. Redet ruhig auf mich ein. Da ist es wieder: Das schwarze Kästchen. An einer Ampel hält ers auf den Bauch. „Alles in Ordnung. Dem Kind gehts gut." Was fehlt? Wehen! Deswegen hocken wir jetzt schon paar Stunden hier im Krankenhaus. Jetzt gehts langsam los. Malo ist bei mir. Isn't it ironic? Natürlich habe ich Konstantin angerufen. Der: „Das ist eine Falle! Sie sind bei dir, oder?" Ja, schon, aber … Es ist wirklich nicht so, wie du denkst. Er wollte partout nicht kommen. Ich habe ihn angeschrien wie noch nie. Ich glaube, er ist jetzt unterwegs. Das Kind auch. Ich melde mich.

Lucy

Veröffentlicht am Montag, 30. Januar 2012 – 23:27

Sie ist da! 22:12. 2900 Gramm, 48 cm. Gesund!

Der Morgen danach

Veröffentlicht am Dienstag, 31. Januar 2012 – 7:58

Lucy ist zu Beginn der achtunddreißigsten Woche zur Welt gekommen. 37+1. Damit gilt sie so gerade nicht mehr als Frühgeburt. Aber das sind sowieso alles nur Zahlen. Das Wichtigste ist: Sie ist kerngesund und ohne Komplikationen zur Welt gekommen. Also: Ohne medizinische Komplikationen …

Nachdem gestern bei mir vor dem Haus die Fruchtblase geplatzt ist und es ausgerechnet Malo war, der mich ins Krankenhaus gebracht hat, war der folgende Abend eine einzige Komplikation. Zunächst einmal hatte ich keine Wehen. Was jetzt nicht so ungewöhnlich ist, aber doch doof, denn nach einer geplatzten Fruchtblase sollte das Kind auch bald zur Welt kommen. Egal, wie weit die Schwangerschaft ist. Da ich ziemlich viel Fruchtwasser verloren hatte, wurde in der Klinik diskutiert, ob man nicht vielleicht die Geburt einleiten sollte. Aber die lieben Hebammen haben nicht mit Malo und seinem schwarzen Glitzerkästchen gerechnet. Er nahm mich dezent beiseite und „versprach“, dass die Wehen in wenigen Stunden einsetzen werden. Er muss es wissen. Er hat ja selbst schon sieben Kinder mit der Kiste zur Welt gebracht. Schon toll, wenn der Ex-Liebhaber nebenbei Freizeitgynäkologe ist.

Trotz des absurden Hintergrunds habe ich auf ihn gehört. Und tatsächlich: Am späten Nachmittag haben dann die Wehen eingesetzt. So vertraut, wie ich mit Malo war, und so perfekt, wie nur er mich beruhigen konnte, gingen die Hebammen natürlich davon aus, dass er der Vater des Kindes und mein geliebter Ehemann ist. Es gab keine Gelegenheit, dies klarzustellen. Es war mir auch egal.

Meinen echten Ehemann hatten mittlerweile mehrere Telefonate und SMS dann doch davon überzeugt, dass ich wirklich kurz vor der Geburt unseres ersten gemeinsamen Kindes stand. (Haha.) Er wusste aber auch, dass Malo bei mir war. Was natürlich seine Paranoia befeuerte. Was er nicht wusste: Ich war durch die Stunden alleine mit Malo in den Fluren und Zimmern des Krankenhauses davon überzeugt, dass keine Gefahr drohte. Zumindest nicht die Gefahr einer Entführung.

Die einzige Gefahr, die es gab und nach wie vor gibt: Dass ich Malo wieder verfalle. Denn wir hatten zwangsläufig genügend Zeit, um uns „auszusprechen". Er war in den letzten Tagen bei diversen „Konferenzen" mit den wichtigen Leuten auf seinem Planeten. Er musste dafür wohl nicht die Erde verlassen. Ich stelle es mir jetzt einfach mal wie 3D-Skypen vor. Auf jeden Fall hat er dabei alle davon überzeugt, dass man es mit dem „Experiment Ben" übertrieben hat. Es wurde offiziell beendet. Er ist (von was auch immer) zurückgetreten und will in Zukunft auf der Erde leben. Wenn ich möchte, mit mir. Er hat das alles natürlich weit emotionaler und eigentlich auch ziemlich anrührend gesagt. Aber Konferenzen über das „Experiment Ben" sind nichts, womit man mein Herz erobert. Ich glaube ihm das alles. Wirklich. So abstrus es auch sein mag. Und ich sehe auch, wie sehr er bereut, was er mir und uns angetan hat. Mein Gott, „angetan hat“, das ist sowieso übertrieben: Ich liebe Ben über alles. Aber trotzdem kann ich nicht einfach darüber hinweg, dass ich ein Brutkasten für ein Experiment war.

Eigentlich. Doch es gab auch diesen einen Moment, in dem Malo mir wieder so unglaublich nah war. Das Gespräch nahm gerade eine unschöne Wendung, denn bei seinem „Karten auf den Tisch“ erläuterte er mir auch, dass ich bei meinen Begegnungen mit ihm von Anfang an manipuliert wurde. Über den Geruch! Ausgerechnet den Geruch!

„Unsere Forschung hatte herausgefunden, dass die Frauen auf eurem Planeten sehr anfällig für Gerüche sind“, erklärt er ein wenig verschämt.

„Anfällig?“

„Na ja, in unserer Analyse waren die drei wichtigsten Faktoren wie ein Mann eine Frau für sich interessiert: Humor, materieller Besitz und der Geruch.“

‚Da machen sie es sich aber ein wenig einfach, die Herren Außerirdischen‘, denke ich im ersten Moment.

„Und bei dir“, fährt Malo fort, „schien das mit dem Geruch der einfachste Weg zu sein. Also haben wir einen Geruch kreiert, auf den du zu hundert Prozent ansprichst.“

„Wie? Du trägst die ganze Zeit ein Parfum, das … das mich anzieht?“

„Jetzt nicht mehr,“ sagt er und lächelt dieses Lächeln … Wobei: Ist das wenigstens echt?

Natürlich kann ich es mir nicht verkneifen, an ihm zu riechen. Und ja, tatsächlich. Er riecht anders. Nicht schlecht, eher unspektakulär. Aber auf jeden Fall anders.

Dennoch kribbelt es, als ich so nah an seinen Hals komme. Wir schauen uns kurz an. Er lächelt. Ich schaue weg. Gebe mich sauer. Schließlich wurde ich gerade in eine Kategorie mit Stechmücken gepackt, die man mit einem beknackten Lockstoff manipulieren kann. Malo sieht, dass mich das verletzt.

„Es tut mir leid! Die Alternativen hätten nicht funktioniert. Nur auf Materielles sprichst du nicht an …"

Sagt wer? Das hätte man ja zumindest mal probieren können!

„Und Humor? Wir mögen ein weit entwickelter Planet sein, aber beim Humor sind wir noch auf der Stufe eurer Neandertaler."

Ich muss grinsen. Obwohl ich eigentlich sauer bin. Ich schüttle ungläubig den Kopf. Er wird leicht unsicher.

„Was?"

„War das gerade etwa ein Anflug von Ironie?", frage ich ihn. „Als wir uns kennengelernt haben, wusstest du nicht einmal, was Ironie ist!"

„Wir sind entwicklungsfähig."

„Schon wieder!"

Ich grinse. Er grinst. Wir schauen uns schweigend an. Plötzlich sagt er:

„Ich bin durch dich ein anderer Mensch geworden."

Wie er diesen Satz sagt, wie er mich dabei anschaut. Das geht mir so sehr unter die Haut, dass ich auf der Stelle mit ihm davonlaufen will. Trotz allem. Doch genau in diesem Moment rollt eine erste ernstzunehmende Wehe durch meinen Körper. Ich komme also um eine Antwort herum und sage einfach nur:

„Guck mal auf die Uhr!"

Die Zeitabstände bei den Wehen sind bekanntlich der beste Indikator, ob die Geburt naht. Bei mir ging es dann sehr schnell von „alle zehn Minuten“ auf „minütlich“. Und während ich eigentlich noch an dem knabbere, wie ich nun mit Malo umgehen soll, werde ich auch schon in den Kreißsaal gebracht. Mit ihm an meiner Seite. Irgendwann sind die Wehen so heftig, dass alles andere vergessen ist. Das hat die Natur schon geschickt eingerichtet. Ich liege also im Kreißsaal auf diesem Multifunktionsstuhl mit Malo, dessen Arm ich bei jeder Wehe malträtiere, und einer entspannten Hebamme, die es sich zwischen meinen Beinen gemütlich macht, als eine andere Hebamme hereinkommt und sagt:

„Äh, da is draußen ein Mann, der sacht, er is Ihr Mann!“

Konstantin. Dann doch. Ich kann das mit Mühe und Not erklären. Malo will sofort rausgehen und Konstantin den Platz an meiner Seite überlassen. Für eine Sekunde spüre ich, dass mir das gar nicht gefällt. Aber irgendwie kann ich es nicht bringen, Konstantin abzuweisen. Also schlage ich vor, dass Malo auf Ben aufpasst, während Konstantin bei mir ist. Malo geht raus, kommt kurz darauf zurück: „Er will mir Ben nicht geben. Er hat Angst, dass ich ihn entführe.“

Ich vermute, so eine Hebamme hat schon einiges erlebt, aber da hat sie dann doch doof geguckt.

„Und wieso sagt er mir das nicht selbst?“

„Er darf Ben hier nicht reinbringen. Will ihn aber auch nicht alleine lassen.“

Eine Wehe rollt durch meinen Körper. Das sind mittlerweile ganz schön fiese Biester. Ich atme sie weg. Kralle mich an Malo fest. Der geduldig auf eine Antwort wartet. Als ich wieder Luft bekomme, frage ich die Hebamme: „Kann Ihre Kollegin auf meinen Zweijährigen aufpassen?“

„Also, das ist schon ein bisschen ungewöhnlich …“

„Bitte!!!"

Die Hebamme weiß: Mit Frauen in den Wehen lässt sich schwer diskutieren. Sie stimmt zu. Malo geht mit dem Vorschlag nach draußen. Ich höre Stimmen auf dem Flur. Konstantin ist dabei. Eine weitere Wehe reißt mich raus. Hammerwehe! Als ich die Augen wieder öffne, steht Malo vor mir. Meine Hand ist tief in das Fleisch seines Arms gebohrt. Das habe ich gar nicht mitbekommen. Wieso in aller Welt ist ER schon wieder da?

„Konstantin will Ben nicht bei der Hebamme lassen, wenn ich auch draußen bin."

„Konstantin!!!"

Ich habe noch nie in meinem Leben so geschrien. Zumindest nicht seinen Namen. Keine zwei Sekunden später steht er in der Tür. Mit diesem Wir-gehen-in-die-Berge-Blick. Aber auch ein wenig eingeschüchtert.

„Verdammte Scheiße, du kommst jetzt her und lässt Malo auf Ben aufpassen! Verstanden?"

Danach war er dann richtig eingeschüchtert. Denn mein Satz ging nahtlos in eine weitere absolut tödliche Presswehe über und was auch immer ich dabei für ein Bild/eine Akustik abgegeben habe: Wenig später ist es Konstantins Armfleisch, in das sich meine Fingernägel bohren. Und Malo ist draußen bei Ben. Danach kam dann die Geburt. Ich erspare allen zarten Gemütern die Details. Für die, die noch nie ein Kind bekommen haben, nur das Zitat einer Freundin: „Das ist, wie wenn du einen Backstein quer kacken würdest."

Letztlich war dies natürlich der ultimative Test. Für Malo. Er hätte ohne Probleme mit Ben davonspazieren können. Auf seinen Planeten oder wohin auch immer. Und wir hätten nichts dagegen unternehmen können. In dieser Nacht schon mal gar nicht.

Ich liege nun hier im Familienzimmer des St.-Joseph-Krankenhauses, genieße die aufgehende Sonne, die an diesem kalten Wintertag hereinscheint und betrachte „meine Familie": Auf meiner Brust liegt Lucy, mein unfassbares Glück. Neben mir schläft tief und fest Ben. An Konstantin gekuschelt, der sich „nur mal kurz" mit allen Winterklamotten auf die andere Seite des Doppelbetts legen wollte und seitdem schläft wie ein totes Schwein. Er hat ja auch eine wirklich anstrengende Nacht hinter sich. Im Stuhl am Fenster sitzt Malo. Ein wenig ist er nach unten gesackt, aber wenn er nicht die Augen geschlossen hätte und so ruhig atmen würde, könnte man meinen, er ist wach. Vielleicht ist er das auch. Aber er lässt mich in Ruhe auf Konstantins Laptop schreiben, was ich hier gerade schreibe. Und macht mich ratlos.

Denn was passiert nun, wenn diese beiden Männer erwachen? Konstantin hat seine Paranoia abgelegt, aber natürlich will er nun mit mir und den Kindern einen Neuanfang starten. Malo würde sich diskret zurückziehen. Natürlich. Aber ein klitzekleines Signal von mir und er würde sofort ein neues Leben mit mir anfangen. Mich lieben und für mich da sein. Und auch für die Kinder. Aber was will ich? Konstantin? Malo? Keinen von beiden?

Fehlentscheidung

Veröffentlicht am Donnerstag, 9. Februar 2012 – 16:22

Keine Ahnung, wieso man sich so etwas freiwillig wieder antut. Ich meine: Ich konnte mich doch eigentlich noch daran erinnern, wie hart die erste Zeit nach der Geburt ist. Der fehlende Schlaf, der zerstörte Körper, das Geschrei, die Sorgen. Von den Schmerzen beim Stillen will ich gar nicht erst anfangen. Lucy ist nun seit zehn Tagen auf der Welt und ich bin fix und fertig. Aber ich wollte es ja nicht anders. Wenn ich dann allerdings sehe, wie liebevoll und begeistert Ben mit seiner kleinen Schwester umgeht ... Okay, ja. Es hat was.

Zu meiner Entscheidung: Klar, Konstantin kann ein ganz schöner Idiot sein und hat sich in den letzten Monaten einiges geleistet, aber er war eigentlich immer ein guter Vater und hat in meinen Augen eine Chance verdient.

Das habe ich auch Malo gesagt, als er am Morgen nach der Geburt im Krankenhaus erwacht ist. Für mich war sonnenklar, dass ich mit meinen Kindern und meinem Mann nach Hause gehe. Ich meine: Lucy war gerade mal zwölf Stunden alt! Malo hat es verstanden. Er hat uns alles Gute gewünscht, etwas davon gemurmelt, dass er sich nun ja endlich mal Bielefeld anschauen könnte (Ironie!), und ist mit einer Umarmung für mich, einem Kuss auf die Stirn für Ben und einem Männerhandschlag für Konstantin verschwunden. Das Schreien von Lucy hat meine Gedanken schnell von ihm abgelenkt.

Zu Hause drehte sich erst einmal alles um die Kinder. Nicht nur um die schreiende Lucy, sondern auch um Ben, der sich seines Schlittenurlaubs am Fichtelberg beraubt sah. Gott sei Dank hat es dann hier auch geschneit, so dass wir am Kreuzberg schnell eine Alternative aufbauen konnten. Überhaupt: Konstantin hat sich so viel es ging um Ben gekümmert. Er musste zwar am Wochenende endlich mal wieder ins Restaurant – was ja auch nachvollziehbar ist – aber er hat versprochen, dass er in Zukunft unter der Woche öfter Abende frei nimmt, lecker für uns kocht, für uns da ist.

Gestern war so ein Abend. Er ist nicht ins Restaurant gegangen. Er hat gekocht. Dabei mit Ben gespielt, ihn ins Bett gebracht. Und sich dann vor den Fernseher gesetzt, weil ja die Hertha im Pokal gespielt hat. Viertelfinale. Als ich ihn dezent gefragt habe, ob das seine Vorstellung von „für uns da sein" ist, sagt er: „Du, ich hab schon die erste Halbzeit wegen euch nicht geguckt!"

Okay. Das ist natürlich wirklich ein Opfer. Und zeigt, dass er reifer und erwachsener geworden ist. Nicht!!!

Als dann Lucy wach wird und nach dem Stillen mit ihrer Verdauung zu kämpfen hat (=lautes Schreien!), wird es noch interessanter. Konstantin schlägt total nett und fürsorglich vor, dass ich schon mal mit Lucy ins Bett gehen könnte.

„Du brauchst doch deinen Schlaf!"

Wenn er dabei nicht pausenlos zum Fernseher schielen würde, würde ich ihm seine Fürsorge sogar fast abnehmen. Ich gehe trotzdem. Brüte dann im Schlafzimmer eine Weile vor mich hin – endlose Wegstrecken mit dem weinenden Baby auf dem Arm zurücklegend – bis ich nicht mehr kann. Ich gehe zurück zu Konstantin und stelle ihn zur Rede: „Ist es das jetzt? Nach all dem Scheiß in den letzten Monaten, den der Fußball in unseren Leben angerichtet hat, ist dein Zugeständnis, dass du die erste Halbzeit nicht schaust und mich ins Bett schickst, wenn du wegen des Babys den bekloppten Reporter nicht hören kannst? Das ist es?"

Er schaut mich gar nicht an, sondern sitzt mit offenem Mund vor dem Fernseher. Da gibt's einen Elfmeter oder was weiß ich. Er ist auf jeden Fall wahnsinnig aufgebracht. Aber nicht wegen mir, sondern wegen der beschissenen Hertha. Und was ist seine Antwort?

„Nicht jetzt!"
Da werde ich ruhig. Sehr ruhig. Gefährlich ruhig.
„Konstantin, mach bitte sofort den Fernseher aus!"
Er schaut mich immer noch nicht an. Sondern starrt auf den Bildschirm. Und regt sich fürchterlich auf.
„Da! Die Wiederholung! Siehste das? Das war kein Elfer! Das ist die peinlichste Fehlentscheidung, die ich je gesehen habe!"
Was soll ich sagen? Er sprach mir aus der Seele. Heute Morgen habe ich ihn gebeten, in absehbarer Zeit auszuziehen. Ich freue mich, wenn wir uns das Leben mit den Kindern teilen. Wenn er als Vater weiter so viel da ist, wie es nur geht. Aber wir beide: Das ist vorbei!
Er war sprachlos, aber auch nicht lange. Protestiert hat er nicht. Erst dachte ich, dass es daran lag, wie entschlossen ich selbst war. Aber dann habe ich mitbekommen, dass er während unserer Trennung abends gar nicht immer bei Ingo übernachtet hat, sondern durchaus auch mal bei Janine. Von wegen er steht nicht wirklich auf die. Aber mir soll das recht sein. Sogar sehr recht. Wenn er mit seiner Kellnerin glücklich werden kann, dann … dann ist das gut so. Für uns alle.
Er übernachtet noch hier, aber auf dem Sofa (beim Fernseher …). Sobald Lucy aus dem Gröbsten raus ist, wird sich auch das ändern.
Vorhin habe ich Malo angerufen. Er ging sofort dran.
„Hallo Vanessa!"
„Hallo! … Bist du schon in Bielefeld?"
„Nein, ich bin in meinem Hotel."
„Du hast auf meinen Anruf gewartet?"
„Natürlich."
Natürlich. Er hat zehn Tage gewartet. Weil er wusste, dass ich anrufen würde? Oder weil er einfach ein hoffnungsloser Romantiker ist? Egal. Als ich seine Stimme

gehört habe, war es wieder da, dieses „Haben"-Gefühl. Wir treffen uns heute Abend. Wir wollen es langsam angehen. Ganz langsam. Wie es für die erste interplanetare Beziehung in unserem Universum richtig ist.

Damit endet mein Blog. Es fängt etwas Neues an. Der Lebensabschnitt „Welt: Steht Kopf" ist nun vorbei. Ich kann zwar nicht behaupten, dass mich nun der Alltag wiederhätte, aber irgendwie bin ich mir sicher, dass es ab jetzt nur noch wunderschöne, aufregende und glückliche Ereignisse geben wird, die ich erst einmal nur mit einem Menschen teilen möchte: Mit meinem beknackten Lieblings-Außerirdischen!

Über „Nicht von dieser Welt“

Ursprünglich war „Nicht von dieser Welt“ wirklich ein Blog. Blog Fiction. „Live“ geschrieben im Zeitraum Juli 2011 bis Februar 2012. Der Blog „Vanessa X.“ war ein literarisches Experiment, das die neuen Möglichkeiten des Internets ausloten sollte. Zwar hatten die damals Mitlesenden großen Spaß daran, beim Leben von Vanessa dabeizusein. Allerdings gab es mangels Marketingmöglichkeiten nur ein kleine Schar treuer Leserinnen und Leser. Um Vanessas Geschichte auch einer breiteren Leserschaft zugänglich zu machen, wurde sie nun – in leicht überarbeiteter Form – als Roman neu herausgegeben.
Damals wie heute war allerdings Vanessa nicht die wirkliche Autorin der Geschichte. Hinter ihr steckt der Drehbuch- und Romanautor Michael Meisheit …

Über den wahren Autor

Michael Meisheit ist seit über 15 Jahren Drehbuchautor bei der Fernsehserie „Lindenstraße“. Nebenher hat er zweitweise auch für die Telenovela „Rote Rosen“ gearbeitet und den Fernsehfilm „Dann kam Lucy“ geschrieben.
2012 hat er seinen ersten Roman „Soap“ veröffentlicht. Ebenfalls von Michael Meisheit stammt die als eBook erschienene Kurztextsammlung „Irgendwas ist immer“.
Michael Meisheit lebt mit seiner Frau und seinen zwei Kindern in Berlin-Kreuzberg. Sein Sohn war zum Zeitpunkt des Schreibens der Blogfiction „Vanessa X.“ zwei Jahre alt. Seine Tochter noch im Mutterleib. Weder Michael Meisheit noch seine Frau kennen jedoch Außerirdische …

Wenn Sie über neue Publikationen von Michael Meisheit informiert werden wollen, dann tragen Sie sich bitte in der Mailingliste auf seinem Blog ein. Ihre E-Mail-Adresse wird auf keinen Fall weitergegeben und Sie können sie jederzeit wieder aus der Liste entfernen.

Hat Ihnen „Nicht von dieser Welt“ gefallen? Dann wäre es wundervoll und für den Autor sehr wichtig, wenn Sie eine Rezension bei Amazon hinterlassen – selbst wenn es nur ein paar Sätze sind. Vielen Dank!

In seinem Blog michaelmeisheit.de schreibt Michael Meisheit über seine Arbeit als Drehbuch- und Romanautor. Es lohnt sich, immer wieder einmal reinzuschauen …

Außerdem finden Sie Michael Meisheit hier:

www.facebook.com/MichaelMeisheit
www.twitter.com/Meisheit

Danksagung

Bei der Erstellung von „Nicht von dieser Welt“ hatte ich zahlreich Helferinnen und Helfer, denen ich sehr herzlich danken möchte.

Da sind zunächst einmal die Testleserinnen und Testleser, die mir wertvolles Feedback für das erste Manuskript von „Nicht von dieser Welt“ gegeben haben. Dank an Anja Gerhard, Heidi Hensges, Sabine Landgraeber, Stefanie Liedtke, Betina Michel, Valérie Müller, Barbara Preiß, Esther Schade, Markus Spiering, Philipp Steuerwald, Sonja Werner und Sia Wolf.

Außerdem geht mein Dank an meine Korrektorin Dorothea Kenneweg und an den Illustratoren Henk Wyniger. Für Layout und Satz des Taschenbuches danke ich Corinna Rindlisbacher. Und für die perfekte Marketing-Strategie Johannes Zum Winkel.

Aber natürlich wäre „Nicht von dieser Welt“ ohne eine Person überhaupt nicht denkbar gewesen: Die Frau, die in der Schwangerschaft die Apfelschorle aus dem Weinglas trinkt. Die Frau, die Verständnis hat, wenn ich nachts um eins noch an der Xbox (oder der Blog Fiction) sitze. Die Frau, von der ich manchmal auch glaube, dass sie nicht von dieser Welt ist. Meine Frau. Danke, Yeşim!

2334695R00117

Printed in Germany
by Amazon Distribution
GmbH, Leipzig